「十四五」國家重點出版物出版規劃項目

二〇二一—二〇三五年國家古籍工作規劃重點出版項目

中華古籍保護計劃

ZHONG HUA GU JI BAO HU JI HUA CHENG GUO

·成果·

國家珍貴古籍叢刊

宋本河岳英靈集

（唐）殷璠輯

國家圖書館出版社

圖書在版編目（CIP）數據

宋本河岳英靈集 /（唐）殷璠輯. -- 北京：國家圖書館出版社, 2024.12. --（國家珍貴古籍叢刊）. ISBN 978-7-5013-8234-7

Ⅰ. I222.742

中國國家版本館CIP數據核字第202490MZ27號

書　　名　宋本河岳英靈集
著　　者　（唐）殷　璠　輯
叢 書 名　國家珍貴古籍叢刊
責任編輯　李精一
封面設計　翁　涌

出版發行　國家圖書館出版社（北京市西城區文津街7號　100034）
（原書目文獻出版社　北京圖書館出版社）
010-66114536　63802249　nlcpress@nlc.cn（郵購）
網　　址　http://www.nlcpress.com
排　　版　愛圖工作室
印　　裝　北京金康利印刷有限公司
版次印次　2024年12月第1版　2024年12月第1次印刷

開　　本　710×1000　1/16
印　　張　11.5
書　　號　ISBN 978-7-5013-8234-7
定　　價　80.00圓

《國家珍貴古籍叢刊》編纂委員會

主　編　張志清

副主編　魏　崇　王紅蕾　殷夢霞　陳紅彥

編　委（按姓氏拼音排序）

陳　超　陳建龍　陳　軍　陳思和　杜希林
方家忠　郭　晶　郭欣萍　何文平　洪　琰
胡海榮　黄賢金　金兼斌　廖生訓　林旭東
劉偉成　毛雅君　王　龍　王　沛　謝冬榮
周雲岳　祝　暉

顧　問　李致忠　安平秋　史金波　朱鳳瀚

《國家珍貴古籍叢刊》前言

中國古代文獻典籍是中華民族創造的重要文明成果。這些典籍承載着中華五千年的悠久歷史，不僅是中華優秀傳統文化的重要載體之一，還是民族凝聚力和創造力的重要源泉，更是人類珍貴的文化遺産。

黨的十八大以來，以習近平總書記爲核心的黨中央站在實現中華民族偉大復興的戰略高度，對傳承和弘揚中華優秀傳統文化作出一系列重大决策部署。習近平總書記多次圍繞中華優秀傳統文化保護弘揚、挖掘闡發、傳播推廣、融合發展作出重要論述，强調『要加强對中華優秀傳統文化的挖掘和闡發』，讓『書寫在古籍裏的文字都活起來』。二〇二三年，習近平總書記在文化傳承發展座談會上强調，祇有全面深入瞭解中華文明的歷史，纔能更有效地推動中華優秀傳統文化創造性轉化、創新性發展，更有力地推進中國特色社會主義文化建設，建設中華民族現代文明。黨和國家的高度重視和大力支持，把中華珍貴典籍的保護和傳承工作推上了新的歷史高度。

保護好、傳承好、利用好這些文獻典籍，對於傳承和弘揚中華民族優秀傳統文化，維護國家統一和民族團結，推動社會主義文化大發展大繁榮，促進國際文化交流和構建人類命運共同體，都具有十分重要的意義。二〇〇七年，國家啓動了『中華古籍保護計劃』。該計劃在文化和旅游部領導下，由國家古籍保護中心負責實施，十餘年來，古籍保護成效顯著，在社會上産生了極大反響。迄今爲止，國務院先後公布了六批《國家珍貴古籍名録》，收録了全國各藏書機構及個人收藏的珍貴古籍一萬三千零二十六部。

爲深入挖掘這些寶貴的文化遺産，更好地傳承文明、服務社會，科學合理有效地解决古籍收藏與利用的矛盾，二〇二四年，國家古籍保護中心啓動《國家珍貴古籍叢刊》叢書項目。該項目入選《二〇二一—二〇三五年國家古籍工作規劃》重點出版項目，是貫徹落實新時代弘揚中華優秀傳統文化的重要舉措。

本《叢刊》作爲古籍數字化的有益補充，將深藏内閣大庫的善本古籍化身千百，普惠廣大讀者。根據『注重普及、體現價值、避免重複』的原則，從入選第一至六批《國家珍貴古籍名録》的典籍中遴選出『時代早、流傳少、價值高，經典性較强、流傳度較廣』的存世佳槧爲底本，尤其重視『尚未出版過的、版本極具特殊性的、内容膾炙人口的』善本。通過『平民化』的出版方式進行全文高精彩印，以合理的價格、上乘的印刷品質讓大衆看得到、買得起、用得上。旨在用大衆普及活化推廣方式出版國家珍貴古籍，讓這些沉睡在古籍中的文字重新煥發光彩，爲學術界、文化界乃至廣大讀者提供豐富的學術資料和閱讀享受，更爲廣大學者、古籍保護從業人員、古籍收藏愛好者從事學術研究、版本鑒定、保護收藏等提供一部極爲重要的工具書。

本《叢刊》由國家圖書館出版社出版，在編纂過程中，保持古籍的原貌，力求做到影印清晰、編排合理。本《叢刊》不僅全文再現古籍的内容，每部書還附一篇名家提要，爲研究古籍流傳、版本變遷、學術思想等内容，提供重要資料。通過本《叢刊》的出版，我們相信對於推動古籍整理與研究工作、傳承中華優秀傳統文化、增强民族文化自信具有重要意義，也將有助於更多的人瞭解和認識中華文化的博大精深，激發人們對傳統文化的熱愛與傳承意識，爲中華民族的偉大復興貢獻力量。

《國家珍貴古籍叢刊》項目啓動以來，得到專家學者的廣泛關注，以及全國各大圖書館的大力支持。同時，我們也期待更多的學者、專家及廣大讀者能够關注和支持古籍保護工作，共同爲傳承和弘揚中華優秀傳統文化而努力。

國家古籍保護中心

二〇二四年九月

《國家珍貴古籍叢刊》出版説明

爲更好地傳承文明，服務社會，科學合理有效地解决古籍收藏與利用的矛盾，國家古籍保護中心聯合全國古籍重點保護單位，開展《國家珍貴古籍叢刊》高精彩印出版項目，以促進古籍保護成果的揭示、整理與利用，加强古籍再生性保護和研究。

《叢刊》所選文獻按照『注重普及、體現價值、避免重複』的原則，遴選出『時代早、流傳少、價值高，經典性較强、流傳度較廣』的存世佳槧爲底本高精彩印。按經、史、子、集分類編排，所選每種書均單獨印行，分批陸續出版。各書延聘專家撰寫提要，介紹該文獻著者、基本内容及其學術價值、版本價值，同時説明入選《國家珍貴古籍名録》批次、名録號等；各書編有詳細目録、設置書眉，以便讀者檢索和閲讀；正文前列牌記展示該文獻館藏單位、版本情况和原書尺寸信息。

國家圖書館出版社

二〇二四年九月

（唐）殷璠 輯

河岳英靈集

宋刻本

據國家圖書館藏宋刻本
影印原書板框高十六點
九厘米寬十二點八厘米

唐玄宗開元、天寶年間，經濟繁榮，國力强盛，整個國家呈現出欣欣向榮、開拓進取的升平局面。在此背景下，唐代詩歌也進入鼎盛時期，湧現了一批天資縱横的詩人，比如山水田園詩人王維、孟浩然，邊塞詩人高適、岑參，還有他人難以企及的『詩仙』李白。他們用造化之筆、慷慨情懷，寫下瑰麗篇章，開創了古典詩歌的『黄金時代』。時隔千年，讀者仍能從詩歌中感受詩人的理想色彩和浪漫情調，爲之激昂。這正是盛唐詩歌永遠光輝的魅力。

唐人殷璠所編《河岳英靈集》正是這樣一部反映盛唐詩歌的詩選。編者以當代人的眼光，總結盛唐詩歌，留下了這部重要的詩歌選集，爲我們瞭解當時詩歌提供了珍貴的資料。

殷璠（生卒年不詳），丹陽（今江蘇鎮江）人，主要生活在唐玄宗、肅宗時期。其所選《河岳英靈集》卷端題爲『唐丹陽進士』。曾任文學一職。輯有《河岳英靈集》。又編選當時潤州詩人如包融、儲光羲、丁仙芝等人詩爲《丹陽集》。

書前有殷氏《河岳英靈集叙》，對此集編選緣由、選詩標準有所説明。文中梳理漢魏以來詩歌風尚變遷，認爲『貞觀末標格漸高，景雲中頗通遠調，開元十五年後聲律風骨始備矣』，有鑒於此，『璠不揆，竊嘗好事，頗删略群才，贊聖朝之美。爰因退迹，得遂宿心。粤若王維、昌齡、儲光羲等二十四人，皆河岳英靈也。此集便以「河岳英靈」爲號。詩二百三十四首，分爲上下卷，起甲寅，終癸巳。倫次於叙，品藻各冠篇額』。此爲編選之由。集中所選皆盛唐詩人，包括常建、李白、王維、劉眘虚、張謂、王季友、陶翰、李頎、高適、岑參、崔顥、薛據、綦毋潛、孟浩然、崔國輔、儲光羲、王昌齡、賀蘭進明、崔署、王灣、祖咏、盧象、李嶷、閻防。『起甲寅，終癸巳』爲選詩之起訖，即從開元二年（七一四）至天寶十二載（七五三）。選詩崇尚風骨，反對綺靡，同時又講究聲律，正是卷首《集論》所云『既閑新聲，復曉古體，文質半取，風騷兩挾。言氣骨則建安爲傳，論宫商則太康不逮』。他所看重的聲律、風骨兼備的和諧境界，正是盛唐詩風的重要特點。

每位詩人之下都有評語，既有總評，又摘舉代表性作品加以評點。如評李白云：『白性嗜酒，志不拘檢，常林棲十數載。故其爲文章，率皆縱逸。至如《蜀道難》等篇，可謂奇之又奇。然自騷人以還，鮮有此體調也。』評王維云：『維詩詞秀調雅，意新理愜，在泉爲珠，著壁成繪，一句一字皆出常境。至如「落日山水好，漾舟信歸風」，又「澗芳襲人衣，山月映石壁」，「天寒遠山净，日暮長河急」，「日暮沙漠陲，戰聲煙塵里」。詎肯慙於古人也？』〔一〕殷璠所開創的將選詩與詩評

〔一〕此據宋刻本《河岳英靈集》。宋計有功撰《唐詩紀事》所引殷璠説，此下另有『詎肯慙於古人也』七字。

相結合的體例，以及其評點中所藴含的詩學思想，都對後世影響深遠。

《河岳英靈集》傳世有二卷、三卷兩個版本系統。據殷氏《叙》，二卷爲原貌。《新唐書·藝文志》《直齋書録解題》《讀書附志》《文獻通考》等宋元目録皆著録爲二卷。現存有宋刻本兩部，亦作二卷。卷上收常建至岑參凡十人，下卷收崔顥至閻防凡十四人。明刻諸本則作三卷，以高適以上九人爲卷上，岑參至賀蘭進明九人爲卷中，崔署以下六人爲卷下。除了分卷差異，三卷本在入選詩歌歸屬、詩題、詩歌文本方面亦與二卷本多有不同。其來源或可追溯至元代麻沙刻本。

傳世的兩部宋刻本爲同版，此次影印的爲其中一種。行款爲半葉十行，行十八字，白口，左右雙邊，單魚尾。版心上方刻版面字數，中鎸『河岳集上』『河岳集下』及葉次。《中國版刻圖録》鑒定爲宋杭州地區刻本，并云：『觀字體刀法，疑亦宋書棚本。』所謂『宋書棚本』，是指南宋時期以陳宅經籍鋪爲代表的臨安（今浙江杭州）書坊刻本。其中有大量的唐人詩文集，比如《常建詩集》《李群玉詩集》《唐女郎魚玄機集》《唐僧弘秀集》等，它們版刻風格相近，行款基本都爲半葉十行十八字，白口，左右雙邊。其中部分書籍卷末還有『臨安府棚北睦親坊南陳宅書籍鋪印』『臨安府棚北睦親坊巷口陳解元宅刊印』這樣的牌記，説明它們的刊刻機構。宋刻《河岳英靈集》雖然没有牌記，但其行款、版刻特徵、刀法皆與陳宅所刻唐人詩文集接近，所以學界將之鑒定爲『宋書棚本』。書棚本對唐代詩文集流傳影響很大，王國維曾指出：『今日所傳明刊十行十八字本唐人專集、總集，大抵皆出陳宅書籍本也。然則唐人詩集得以流傳至今，陳氏刊刻之功爲最。』[二]

此本避宋諱，但較爲隨意。如《叙》『貞觀末標格漸高』句，『貞』字缺末筆；卷上常建評語『曩楨死於文學』，『楨』字缺筆；卷下崔署《宿大通和尚塔敬贈如闍黎廣心長孫錡二山人》，『敬』字缺筆。然而又不避南宋高宗嫌名『構』、孝宗名『眘』等諱字。文中可見最晚的避諱字爲『廓』，分別爲陶翰《贈房員外》『適會寥廓趣』、儲光羲《雜詩》『達士志寥廓』，王昌齡《東京府縣諸公與綦毋潛李頎送至白馬寺宿》『南風開長廓』、閻防《宿岸道人精舍》『放情已寥廓』，四處皆予缺筆避諱。『廓』是南宋寧宗趙擴的嫌名，於此避諱獨嚴，説明此本很可能刻於寧宗一朝（一一九五—一二二四）。

此本爲晚清藏書家莫友芝（一八一一—一八七一）及其子孫舊藏。鈐有『莫友芝圖書印』『莫

[二] 王國維：《兩浙古刊本考》，《閩蜀浙粵刻書叢考》，北京圖書館出版社，二〇〇三年，第一百七十六頁。

彝孫印』『莫繩孫印』『莫繩孫字仲武』『獨山莫繩孫字仲武號省教影山草堂收藏金石圖書印』『莫經䢉字筱農』『莫後農字德保』。莫家藏書目録《影山草堂書目》『七十號』著録此本：『河岳英靈集，唐殷璠輯，二卷，二册，宋刊，廓字，寧宗嫌名數見皆缺，蓋寧宗時刊本。半葉十行，行十八字，手校。』[三]

此本卷中天頭、行間多見莫友芝墨筆批校。觀其墨筆深淺有别，淺墨色批校似稍後。内容皆爲據毛氏汲古閣刻本相校，詳記二本異文，并備注毛本校注情況。卷末有其跋云：『丙寅初冬郘亭校讀一過。』郘亭爲莫友芝號，丙寅爲同治五年（一八六六）。

書後另有一跋，字迹與莫友芝不同。云：『庚子年四月首夏猶清和，無卿居士覽過壹遍。自記。』其旁鈐『慈谿李氏藏書』，疑爲李氏所書。惜李氏生平不詳。另外卷中字旁有朱筆校字，字迹與莫友芝、無卿居士又不同。審其時代，應在莫友芝批校之前。内容亦爲對校他本，但所據本不詳，其本面貌與汲古閣本接近，但又不完全相同。本書入選第一批《國家珍貴古籍名録》，

[三]（清）莫友芝撰，張劍整理：《影山草堂書目》，中華書局，二〇二〇年，第一百七十二頁。

名録號爲〇一二二〇。

傳世的另一部宋刻本爲清初季振宜舊藏，亦刷印精美。可惜卷中缺十數葉。此本則保存良好，首尾完具，又經名家手校，誠爲天壤間難得之佳品。（陳紅彦）

目録

敘 …… 一
集論 …… 二
目録 …… 五
卷上
常建十五首
夢太白西峰 …… 八
吊王將軍墓 …… 八
昭君墓 …… 九
江上琴興 …… 九
宿王昌齡隱處 …… 一〇
送李十一尉臨溪 …… 一〇
閑齋臥疾行藥至山館稍次湖亭二首 …… 一〇
題破山寺後禪院 …… 一一
鄂渚招王昌齡張僨 …… 一一
春詞二首 …… 一二
古意張公子 …… 一三
仙谷遇毛女意知是秦時宮人 …… 一三
晦日馬鐙曲稍次中流作 …… 一四
李白十三首
戰城南 …… 一五
遠別離 …… 一六
野田黃雀行 …… 一七
蜀道難 …… 一七
行路難 …… 一九
夢游天姥山別東魯諸公 …… 二〇

憶舊游寄譙郡元參軍……二一
咏懷……二四
酬東都小吏以斗酒雙鱗見贈……二四
答俗人問……二五
古意……二五
將進酒……二六
烏棲曲……二七
王維十五首
西施篇……二八
偶然作……二八
贈劉藍田……二九
入山寄城中故人……二九
淇上别趙仙舟……三〇
春閨……三〇
寄崔鄭二山人……三一
息夫人怨……三一
婕妤怨……三一
漁山神女瓊智祠二首……三二
隴頭吟……三三
少年行……三三
初出濟州别城中故人……三三
送綦毋潛落第還鄉……三四
劉慎虚十一首
海上詩送薛文學歸海東……三六
送東林廉上人還廬山……三六
送韓平兼寄郭微……三七
寄閻防防時在終南豊德寺讀書……三七
暮秋揚子江寄孟浩然……三八
寄江滔求孟六遺文……三八
潯陽陶氏别業……三九

登盧山峰頂寺……三九
尋東溪還湖中作……四〇
越中問海客……四〇
江南曲……四一
張謂六首
讀後漢逸人傳二首……四一
同孫構免官後登薊樓懷歸作……四三
贈喬林……四三
湖中對酒作……四四
題長主人壁……四五
王季友六首
雜詩……四五
代賀枝令誓贈沈千運……四六
觀于舍人壁畫山水……四七
滑中贈崔高士瓘……四七
山中贈十四秘書山兄……四八
酬李十六岐……四八
陶翰十一首
古塞下曲……五〇
燕歌行……五〇
贈鄭員外……五一
望太華山贈盧司倉……五二
晚出伊闕寄河南裴中丞……五二
贈房侍御時房公在新安……五三
經殺子谷……五四
乘潮至漁浦作……五四
宿天竺寺……五五
早過臨淮……五六
出蕭關懷古……五六
李頎十四首

謁張果老先生……五七
送暨道士還玉清觀……五九
東郊寄萬楚……五九
發首陽山謁夷齊廟……六〇
題綦毋潛校書所居……六一
漁父歌……六一
古意……六二
送康洽入京進樂府詩……六二
送陳章甫……六三
聽董大彈胡笳聲兼語弄寄房給事……六四
緩歌行……六五
鮫人歌……六六
送盧逸人……六七
野老曝背……六七
高適十三首
哭單父梁九少府……六八
宋中遇陳兼……六九
宋中……六九
九日酬顧少府……七〇
見薛大臂鷹作……七〇
酬岑主簿秋夜見贈……七〇
送韋參軍……七一
封丘作……七二
邯鄲少年游……七三
燕歌行并序……七三
行路難……七五
塞上聞笛……七五
營州歌……七六
岑參七首
終南雙峰草堂作……七六

終南雲際精舍尋法澄上人不遇歸高
冠東潭石淙秦嶺微雨作貽友人……七七
戲題關門……七八
觀釣翁……七八
莪葵花歌……七九
偃師東與韓擣同訪景雲暉上人即事……七九
春夢……八〇

卷下

崔顥十一首
贈王威古……八一
古游俠呈軍中諸將……八二
送單于裴都護……八二
江南曲……八三
贈懷一上人……八三
結定襄獄效陶體……八五
遼西……八六
孟門行……八六
霍將軍篇……八七
雁門胡人歌……八八
黄鶴樓……八八
薛據十首
古興……八九
初去郡齋書情……九〇
落第後口號……九一
題丹陽陶司馬廳……九一
冬夜寓居寄儲太祝……九一
懷哉行……九二
泊鎮澤口……九二
西陵口觀海……九三

登秦望山……九四
出青門往南山下別業……九四

綦毋潜六首

春泛若耶……九六
題招隱寺絢公房……九六
題鶴林寺……九六
題靈隱寺山頂院……九七
送儲十二還莊城……九七
若耶溪逢孔九……九八

孟浩然九首

過景空寺故融公蘭若……九九
過融上人蘭若……九九
裴司士見尋……一〇〇
永嘉上浦館逢張子容……一〇〇
九日懷襄陽……一〇〇
歸故園作……一〇一
夜歸鹿門歌……一〇一
夜渡湘江……一〇二
渡湘江問舟中人……一〇二

崔國輔十一首

雜詩……一〇三
石頭瀨作……一〇三
魏宮詞……一〇四
怨詞……一〇四
少年行……一〇四
長信草……一〇五
香風詞……一〇五
對酒吟……一〇五
漂母岸……一〇六
湖南曲……一〇六

秦中感興寄遠上人……一〇七
儲光羲十二首
雜詩二章……一〇八
效古二章……一〇九
猛虎詞……一一〇
射雉詞……一一〇
采蓮詞……一一一
牧童詞……一一一
田家事……一一二
寄孫山人……一一二
酬綦毋校書夢游耶溪見贈之作……一一三
使過彈箏峽作……一一三
王昌齡十六首
咏史……一一六
觀江淮名山圖……一一七
香積寺禮拜萬回平等二聖僧塔……一一七
齋心……一一八
緱氏尉沈興宗置酒南溪留贈……一一八
江上聞笛……一一九
東京府縣諸公與綦毋潛李頎相送至
白馬寺宿……一二〇
趙十四見尋……一二〇
少年行……一二一
聽人流水調子……一二一
長歌行……一二一
城傍曲……一二二
望臨洮……一二二
長信秋……一二三
鄭縣陶太公館中贈馮六元二……一二三
從軍行……一二四

賀蘭進明七首
古意二章……一二五
行路難五首……一二六
崔署六首
宿大通和尚塔敬贈如闍黎廣心長孫
錡二山人……一二八
潁陽東溪懷古……一二八
途中晚發……一二九
送薛據之宋州……一二九
早發交崖山還太室作……一三〇
登水門樓見亡友張真期題望黃河作
因以感興……一三〇
王灣八首
晚春詣蘇州敬贈武員外……一三二
哭補闕亡友綦毋學士……一三三
晚夏馬升卿池亭即事寄京都一二
知己……一三四
奉使登終南山……一三五
奉同賀監林月清酌……一三六
江南意……一三六
觀搊箏……一三七
閏月七日織女……一三七
祖咏六首
古意二首……一三八
游蘇氏別業……一三九
清明宴劉司勛劉郎中別業……一三九
宿陳留李少府廳作……一四〇
終南望餘雪作……一四〇
盧象七首
家叔徵君東溪草堂二首……一四一

送綦毋潛……一四二
送祖咏……一四二
贈程校書……一四三
贈張均員外……一四三
追涼歷下古城西北隅此地有清泉喬
　木歷下舜林……一四四
李嶷五首
林園秋夜作……一四五
淮南秋夜呈同僚……一四五
少年行三首……一四六
閻防五首
晚秋石門禮拜……一四七
宿岸道人精舍……一四七
夕次鹿門山作……一四八
百丈溪新理茅茨讀書……一四九
與永樂諸公泛黄河作……一四九

毛子晉刊本集下增序字

毛本無敘曰二字

庸毛作膚

河岳英靈集、

唐丹陽進士殷璠

敘曰夫文有神來氣來情來有雅體野體鄙體俗體編紀者能審鑒諸體委詳所來方可定其優劣論其取捨至如曹劉詩多直語少切對或五字並側或十字俱平而逸駕終存然挈瓶庸受之流責古人不辨宮商徵羽詞句質素恥相師範於是攻異端妄穿鑿理則不足言常有餘都無興象但貴輕艷雖滿篋笥將何用之自蕭氏以還尤增矯飾武德初微波尚在貞觀末摽

毛昌上多王字

上毛作上中下
倫毛作論

格漸高景雲中頗通遠調開元十五年後聲律風骨始備矣寔由主上惡華好朴去僞從眞使海内詞場翕然尊古南風周雅稱闡今日璠不揆竊嘗好事願删略羣才贊聖朝之美爰因退跡得遂宿心與若王維昌齡儲光羲等二十四人皆河岳英靈也此集便以河岳英靈爲號詩二百三十四首分爲上下卷起甲寅終癸巳倫次于敘品藻各冠篇額如名不副實才不合道縱權壓梁竇終無取焉

集論

集論二百餘字毛刻本遺之

論曰昔伶倫造律蓋爲文章之本也是以氣因律而生節假律而明才得律而清焉寧預於詞場不可不知音律焉孔聖刪詩非代議所及自漢魏至于晉宋高唱者十有餘人然觀其樂府猶有小失齊梁陳隋下品實繁專事拘忌彌損厥道夫能文者匪謂四聲盡要流美八病咸須避之縱不拈綴未爲深鈌即羅衣何飄飄長裾隨風還雅調仍在況其他句乎故詞有剛柔調有高下但令詞與調合首末相稱中間不敗便是知音而沈生雖怪曹王曾無先覺隱侯言之

更遠瑠今所集頗異諸家旣閑新聲復曉古體
文質半取風騷兩挾言氣骨則建安爲傳論宫
商則太康不逮將來秀士無致深憾

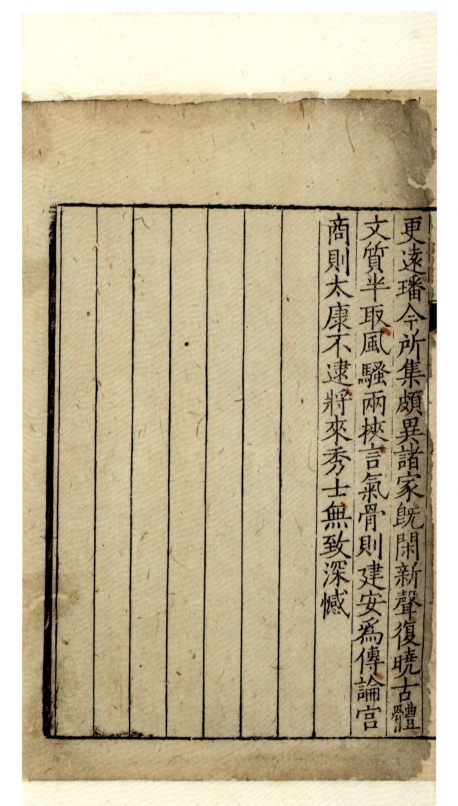

河岳英靈集目録

卷上

常建十五首　李白十三首
王維十五首　劉昚虛十一首
張謂六首　王季友六首
陶翰十一首　李頎十四首
高適十三首　岑參七首

卷下

崔顥十一首　薛據十首
綦毋潛六首　孟浩然九首

十二毛作十三

署毛作曙此蓋避諱書至卷中則作署字缺筆

崔國輔十一首　儲光羲十二首

王昌齡十六首　賀蘭進明七首

崔署六首　王灣八首

祖詠六首　盧象七首

李嶷五首　閻防五首

河岳英靈集目録

毛本無而字

河岳英靈集上

常建

高才而無貴仕誠哉是言曩劉楨死於文學左思終於記室鮑昭卒於參軍今常建亦淪於一尉悲夫建詩似初發通莊却尋野徑百里之外方歸大道所以其旨遠其興僻佳句輒來唯論意表至如松際露微月清光猶爲君又山光悅鳥性潭影空人心此例十數句並可稱警策然一篇盡善者戰餘落日黃軍敗鼓聲死今與山鬼鄰殘兵哭遼水屬思旣

閟宋作閉
青溪宋作谿谷

苦詞亦警絕潘岳雖云能敘悲怨未見如此

章

夢太白西峯

夢寐升九崖杳藹逢元君遺我太白岑寥寥辭垢氛結宇在星漢宴林閟氤氳簷楹覆餘翠巾舄生片雲時往青溪間孤亭晝仍曛松峯引天影石瀨清霞文恬目緩舟趣霽心投鳥羣春風有搖櫂潭島花紛紛

弔王將軍墓

嫖姚北伐時深入強千里戰餘落日黃軍敗鼓

陸毛俱音無校語

聲死嘗聞漢飛將可奪單于壘今與山鬼鄰殘
兵哭遼水

昭君墓

漢宮豈不死異域傷獨歿萬里駝黄金蛾眉爲
枯骨迴車夜出塞立馬皆不發共恨丹青人墳
上哭明月

江上琴興

江上調玉琴一絃清一心泠泠七絃遍萬木澄
幽陰（一作音）能使江月白又令江水深始知梧桐
枝可以徽黄金

茆毛作茅

毛作回軫撫商調

宿王昌齡隱處

清溪深不極隱處惟孤雲松際露微月清光猶
爲君茆亭宿花影藥院滋苔紋予亦謝時去西
山鸞鶴羣

送李十一尉臨溪

泠泠花下琴君唱渡江吟天際一帆影預懸離
別心以言神仙尉因致瑤華音彰起宮商調越
聲澄碧林

閑齋卧疾行藥至山館稍次湖亭二首

句時結陰霖簷外初白日齋沐清病容心魂畏

靈毛作靈　爲毛作向　都毛作俱

靈室閑梅照前户明鏡悲舊質同袍四五人何
不來問疾
行藥至石壁東風變萌芽主人門外緑小隱湖
中花時物堪獨往春帆宜別家辭君爲滄海爛
漫從天涯

題破山寺後禪院

清晨入古寺初日照高林竹徑通幽處禪房花
木深山光悅鳥性潭影空人心萬籟此都寂但
餘鐘磬音

鄂渚招王昌齡張僨

海毛作晦非　君毛作居是　官毛作名　君毛作群　宛毛作菀

刈蘆曠野中沙上飛黃雲天海無精光茫茫悲
遠君楚山隔湘水湖畔落日曛春鴈又北飛音
書固難聞謫君未爲歎讒枉何由分五日逐蛟
龍宜爲吊寃文翻覆古共然官宦安足云貧士
任枯槁捕魚清江濆有時荷鋤犂曠野自耕耘
不然春山隱溪澗花氛氳山鹿自有場賢達亦
顧君二賢歸去來世上徒紛紛

春詞二首

宛宛黃柳絲濛濛雜花垂日高紅粧卧倚對春
光遲寧知傍淇水騕褭黃金羈

毛本題僅二字
汪云集作張公子行
使毛作俠
北毛作曲

翳翳陌上桑南枝交北堂美人金梯出手自提
竹筐非但畏蠶飢盈盈嬌路傍

古意張公子

日出乘釣舟嫋嫋持釣竿涉淇傍荷花驄馬閑
金鞍使客白雲中腰間懸鹿盧出門事嫖姚爲
君西擊胡胡兵漢騎相馳逐轉戰孤軍海西北
百尺旌竿沉黑雲邊笳落日不堪聞

仙谷遇毛女意知是秦時宮人

溪口水石淺泠泠明藥叢入溪雙峯峻松栝疎
幽風垂嶺枝嫋嫋翳泉花濛濛𥮾緣霽人目路

來毛作寒
船毛作舡
海毛作浪

盡心彌通般若橫陽崖前臨殊未窮迴潭清雲影瀰漫長天空水邊一神女千歲為玉童羽毛經漢代珠翠逃秦宮目覩神已寓鶴飛言未終祈君青雲祕願謁黃仙翁嘗以耕玉田龍鳴西頃中金梯與天接幾日來相逢

晦日馬鐙曲稍次中流作

夜來宿蘆葦曉色明西林初日在川上便澄遊子心晴天無纖翳郊野浮春陰波靜隨釣魚舟小綠水深出浦見千里曠然諧遠尋扣船應漁父因唱滄海吟

滌戈毛作條支

二燃毛作然

征戰毛作長征

李白

白性嗜酒志不拘檢常林棲十數載故其爲文章率皆縱逸至如蜀道難等篇可謂奇之又奇然自騷人以還鮮有此體調也

戰城南

去年戰桑乾源今年戰葱河道洗兵滌戈海上波放馬天山雪中草萬里長征戰三軍盡衰老胡人以殺戮爲耕作古來惟見白骨黃沙田秦家築城備胡處漢家還有烽火燃烽火燃不息征戰無已時野戰格鬬死敗馬號鳴向天悲烏

樹毛作葉

毛作誰人不言

虎古毛本注云集有此三言字

鳶啄人腸銜飛上掛枯樹枝士卒塗草莽將軍
空爾爲乃知兵者是凶器聖人不得已而用之

遠別離

古有皇英之二女乃在洞庭之南瀟湘之浦海
水直下萬里深人言不深此離苦日慘慘兮雲
冥冥猩猩啼煙兮鬼嘯雨我縱言之將何補皇
穹竊恐不照予之忠誠雷憑憑兮欲吼怒堯舜
當之亦禪禹君失臣兮龍爲魚權歸臣兮鼠變
虎堯幽囚舜野死九疑聯綿皆相似重瞳孤墳
竟誰是帝子降兮緑雲間隨風波兮去無還慟

爾毛作巢
瀟毛作蕭
爾毛作若

哭兮遠望見蒼梧之深山蒼梧崩湘水絕竹上之淚乃可滅

野田黃雀行

遊莫逐炎洲翠棲莫近吳宮燕炎洲逐翠遭網羅吳宮[illegible]起焚爾窠瀟條兩翅蓬蒿下縱有鷹鸇奈爾何

蜀道難

噫吁戲危乎高哉蜀道之難難於上青天蠶叢及魚鳧開國何茫然爾來四萬八千歲不與秦塞通人煙西當太白有鳥道可以橫絕峨眉巔

方毛作相

暴毛作瀑
嶮毛作险

地崩山摧壯士死然後天梯石棧方鉤連上有六龍回日之高標下有衝波逆折之回川黃鶴之飛尚不得過猿猱欲度愁攀緣青泥何盤盤百步九折縈巖巒捫參歷井仰脅息以手撫膺坐長歎問君西遊何時還畏途巉巖不可攀但見悲鳥號古木雄飛雌從遶林間又聞子規啼夜月愁空山蜀道之難難於上青天使人聽此凋朱顏連峯去天不盈尺枯松倒挂倚絶壁飛湍暴流爭喧豗砯崖轉石萬壑雷其嶮也若此嗟爾遠道之人胡爲乎來哉劒閣崢嶸而崔嵬

親毛作人

落毛作夢

一夫當關萬人莫開所守或匪親化爲狼與豺
朝避猛虎夕避長蛇磨牙吮血殺人如麻錦城
雖云樂不如早還家蜀道之難難於上青天側
身西望長咨嗟

行路難

金罍清酒價十千玉盤珍羞直萬錢停杯投筯
不能食拔劍四顧心茫然欲渡黃河冰塞川將
登太行雲暗天閑來垂釣坐溪上忽復乘舟落
日邊行路難道安在長風破浪會有時直掛雲
帆濟蒼海

不易毛作信難
波毛作濤
話毛作語
姥毛作台
冥搜毛作因之
明毛作身
月毛作日
以毛作已

夢遊天姥山別東魯諸公

海客談瀛洲煙波微茫不易求越人話天姥雲霓明滅如何覩天姥連天向天橫勢拔五岳掩赤城天姥四萬八千丈對此絶倒東南傾我欲冥搜夢吴越一夜飛度鏡湖月湖月照我影送我到剡溪謝公宿處今尚在緑水蕩漾青猿啼脚穿謝公屐明登青雲梯半壁見海月空中聞天雞千巖萬轉路不定迷花倚石忽以暝熊咆龍吟殷巖泉慄深林兮驚層巓楓青青兮欲雨水澹澹兮生煙列缺霹靂丘巒崩摧洞天石扉

輷毛作訇
濛鴻毛作浩蕩
毛本亦作目薉
而毛作兮
是毛作此
毛本末句作精常源色郵朱氏校注作与此同
○
海内毛作四海

輷然而中開青冥濛鴻不見底日月照耀金銀臺霓爲裳兮鳳爲馬雲中君兮紛紛而來下虎鼓瑟兮鸞迴車仙之人兮列如麻忽魂悸兮目薉怳驚起而長嗟惟覺時之枕席失向來之煙霞世間行樂皆如是古來萬事東流水別君去兮何時還且放白鹿青崖間欲行即騎向名山何能摧眉折腰事權貴使我不得開心顔

憶舊遊寄譙郡元參軍

憶昔洛陽董糟丘爲余天津橋南造酒樓黃金白璧買歌笑一醉累月輕王侯海内賢豪青雲

毛云与君還思
莫逆

催
毛作推

客就中與君心莫逆迴山轉海不作難傾情倒
意無所惜我向淮南攀桂枝君留洛北愁夢思
不忍別還相隨相隨迢迢訪仙城三十六曲水
迴縈一溪初入千花明萬壑度盡松風聲銀鞍
金絡到平地漢東太守來相迎紫陽之真人邀
我吹玉笙飡霞樓上動仙樂嘈然宛似鸞鳳鳴
袖長管催欲輕舉漢中太守醉起舞手持錦袍
覆我身我醉橫眠枕其股當筵意氣凌九霄星
離雨散不終朝分飛楚關山水遥余既還山尋
故巢君亦歸家度渭橋君家嚴君勇貔虎作尹

涼毛作京

毛遠下多[illegible]二字

行毛作歡

別恨毛作恨別

并州過戎虜五月相呼度太行摧輪不道羊腸
苦行來北涼歲月深感君貴義輕黃金瓊杯綺
食青玉案使我醉飽無歸心時時出向城西曲
晉祠流水如碧玉浮舟弄水簫鼓鳴微波龍鱗
莎草綠興來攜妓恣經過其若楊花似雪何紅
粧欲醉宜斜日百尺清潭寫翠蛾翠蛾嬋娟初
月輝美人更唱舞羅衣清風吹歌入空去歌曲
自繞行雲飛此時行樂難再遇西遊因獻長楊
賦北闕青雲不可期東山白首還歸去渭橋南
頭一遇君酇臺之北又離羣問余別恨今多少

毛題下校注云集作古風

舊毛作昔

攜毛作携　鱗毛作魚

鰭毛作鬐

跋毛作潑

落花春暮爭紛紛言亦不可盡情亦不可極呼兒長跪緘此辭寄君千里遥相憶

詠懷

莊周夢蝴蝶蝴蝶爲莊周一體更變易萬事良悠悠乃知蓬萊水復作清淺流青門種瓜人舊日東陵侯富貴固如此營營何所求

酬東都小吏以斗酒雙鱗見贈

魯酒琥珀色汶魚紫錦鱗山東豪吏有俊氣手攜此物贈遠人意氣相傾兩相顧斗酒雙魚表情素雙鰓呀呷鰭鬣張跋剌銀盤欲飛去呼兒

肥毛作腮
飽毛作羅
兒毛作童
長毛作遠

拂机霜刃揮紅肥花落白雪霏爲君下筯一餐
飽醉著金鞍上馬歸

荅俗人問

問予何事栖碧山笑而不荅心自閑桃花流水
杳然去別有天地非人間

古意

白酒初熟山中歸黃雞啄黍秋正肥呼兒烹雞
酌白酒兒女歡笑牽人衣高歌取醉欲自慰起
舞落日爭光輝遊說萬乘苦不早著鞭跨馬涉
長道會稽愚婦輕買臣余亦辭家西入秦仰天

生下毛多將進酒君莫停字
我下毛多傾耳二字
時毛作日
徑毛作直

大笑出門去我輩豈是蓬蒿人

將進酒

君不見黃河之水天上來奔流到海不復回君不見高堂明鏡悲白髮朝如青絲暮成雪人生得意須盡歡莫使金樽空對月天生我材必有用千金散盡還復來烹羊宰牛且爲樂會須一飲三百杯岑夫子丹丘生與君歌一曲請君爲我聽鍾鼎玉帛不足貴但願長醉不願醒古來聖賢皆寂寞唯有飲者留其名陳王昔時宴平樂斗酒十千恣歡謔主人何爲言少錢徑須沽

猶毛作欲

金壺丁丁毛作銀箭金壺

篇毛作咸

取對君酌五花馬千金裘呼兒將出換美酒與爾同銷萬古愁

烏棲曲

姑蘇臺上烏棲時吴王宫裏醉西施吴歌楚舞歡未畢青山猶銜半邊日金壺丁丁漏水多起看秋月墜江波東方漸高奈爾何

王維

維詩詞秀調雅意新理愜在泉爲珠著壁成繪一句一字皆出常境至如落日山水好漾舟信歸風又澗芳襲人衣山月映石壁天寒

塵重取下字為句
闕文毛本有
詎肯慙毛吾
人也七字毛有
似殷氏語
仍毛作為
常毛作嘗
謝毛作言

遠山淨日暮長河急日暮沙漠陲戰聲煙塵
裏

西施篇

艷色天下重西施寧久微朝仍越溪女暮作吳
宮妃賤日豈殊衆貴來方悟稀要人傅香粉不
自着羅衣君寵益嬌態君憐無是非當時浣沙
伴莫得同車歸寄謝鄰家女効顰安可希

偶然作

陶潛任天眞其性頗耽酒自從棄官來家貧不
能有九月九日時菊花空滿手心中竊自思儻

有人送否白衣攜觴來東不違老叟且喜得斟
酌安問升與斗奮衣野田中今日嗟無負兀傲
迷東西蓑笠不能守傾倒強行行酣歌歸五柳
生事不曾問肯愧家中婦

贈劉藍田

籬間犬迎吠出屋候荊扉歲晏輸井稅山村人
夜歸晚田始家食餘布成我衣詎肯無公事煩
君問是非

入山寄城中故人

中歲頗好道晚家南山陲興來每獨往勝事空

滯旡𣳚無

自知行到水窮處坐看雲起時偶然值林叟談笑滯還期

淇上別趙仙舟

相逢方一笑相送還成泣祖席巳傷離荒城復愁入天寒遠山淨日暮長河急解纜君巳遥望君猶佇立

春閨

新粧可憐色落日捲簾帷鑪氣清珍簟墻陰上玉墀春蟲飛網户暮雀隱花枝向晚多愁思閑窻桃李時

早蒙毛作思逢
下老毛作安
仍毛作盈

寄崔鄭二山人

翩翩京華子多出金張門幸有先人業早蒙明主恩童年且未學肉食鶩華軒豈知中林士無人薦至尊鄭生老泉石崔子老丘樊賣藥不二價著書仍萬言息陰無惡木飲水必清源余賤不及議斯人竟誰論

息夫人怨

莫以今時寵能忘舊日恩看花滿眼淚不共楚王言

婕妤怨

[illegible]本作魚

宮殿生秋草君王恩幸疎那堪聞鳳吹門外度
金輿

漁山神女瓊智祠二首

迎神

坎坎擊鼓漁山之下吹洞簫望極浦女巫進紛
屢舞陳瑤席湛清酤風凄凄而夜雨不知神之
來不來使我心苦　毛刻校注云作神之来兮不来使我心兮苦復苦

送神

紛進拜兮堂前目眷眷兮瓊筵來不語兮意不
傳作暮雨兮愁空山悲急箎思繁絃神之駕兮

儼欲旋倏雲消兮雨歇山青青兮水潺湲

隴頭吟

長安少年遊俠客夜上戍樓看太白隴頭明月迥臨關隴上行人夜吹笛關西老將不勝愁駐馬聽之雙淚流身經大小百餘戰麾下偏裨萬户侯蘇武纔爲典屬國節旄落盡海西頭

少年行

一身能擘兩彫弧虜騎千重只似無偏坐金鞍調白羽紛紛射殺五單于

初出濟州別城中故人

未毛作來

兆毛作洛

村毛作城

微官易得罪謫去濟川陰執政方持法明君無此心閭閻河潤上井邑海雲深縱有歸來日多愁年鬢侵

送綦毋潛落第還鄉

聖代無隱者英靈盡未歸遂令東山客不得顧採薇既至君門遠孰云吾道非江淮度寒食京兆縫春衣置酒臨長道同心與我違行當浮桂棹未幾拂荊扉遠樹帶行客孤村當落暉吾謀適不用勿謂知音稀

劉眘虚

詞毛作語

天碎毛多年隕二字非

昚虛詩情幽興遠思苦詞奇忽有所得便驚衆聽頃東南高唱者十數人然聲律婉態無出其右唯氣骨不逮諸公自永明已還可傑立江表至如松色空照水經聲時有人又滄溟千萬里日夜一孤舟又歸夢如春水悠悠繞故鄉又駐馬渡江處望鄉待歸舟又道由白雲盡春與清溪長時有落花至遠隨流水香開門向溪路深柳讀書堂幽映每白日清暉照衣裳並方外之言也惜其不永天碎國寶

日毛誤何

石毛作古

時毛作情

海上詩送薛文學歸海東

日處歸且遠送君東悠悠滄溟千萬里日夜一孤舟曠望絶國所微茫天際愁有時近仙境不定若夢遊或見青色石孤山百丈秋前心方杳眇此路勞夷猶離别惜吾道風波敬皇休春浮花氣遠恩逐海水流日暮驪歌後永懷空滄洲

送東林廉上人還廬山

石溪流已亂苔徑入漸微日暮東林下山僧還獨歸常爲鑪峯意況與遠公違道性深寂寞世時多是非會尋名山去豈復無清機

鴈歸毛作歸鴈

瞑毛作冥

往毛作德無注

以立毛作立以

送韓平兼寄郭微

上客夜相過小童能酤酒即爲臨水處正值鴈歸後前路望鄉山近家見門柳到時春未暮風景自應有余憶東州人經年別來久慇懃爲傳語日夕念攜手兼問前寄書書中復達否

寄閻防 防時在終南豐德寺讀書

青暝南山口君與緇錫鄰深路入古寺亂花隨暮春紛紛對寂寞往往落衣巾松色空照水經聲時有人晚心復南望山遠情獨親應以修往一作德業亦惟此立身深林度空夜煙月鎖清眞

莫歎文明日彌年從隱淪

暮秋楊子江寄孟浩然

木葉紛紛下東南日煙霜林山相晚暮天海空青蒼暝色空復久秋聲亦何長孤舟兼微月獨夜仍越鄉寒笛對京口故人在襄陽詠思勞今夕漢江遥相望

寄江滔求孟六遺文

南望襄陽路思君情轉親偏知漢水廣應與孟家鄰在日貪爲善昨來聞更貧相如有遺草爲一問家人

荷毛作情

潯陽陶氏別業

陶家習先隱種柳長江邊朝夕尋陽縣白衣來
幾年霽雲明孤嶺秋水澄寒天物象自清曠野
荷何綿聯蕭蕭丘中賞明宰非徒然願守黍稷
税歸耕東山田

登廬山峯頂寺

孤峯臨萬象秋氣何高清庭際南郡出林端西
江明山門二緇叟振錫聞幽聲心照有無界業
懸前後生徒知眞機靜尚與愛網并方首金門
路未遑參道情

尋東溪還湖中作

出山更回首日暮清溪深東嶺新別處數猿叫空林昔遊初有迹此迹還獨尋幽興方在往歸懷復爲今雲峯勞前意湖水成遠心望望已超越坐鳴舟中琴

越中問海客

風雨滄洲暮一帆今始歸自云發南海萬里速如飛初謂落何處永將無所依冥茫漸西見山色越中微誰念去時遠人經此路稀泊舟悲且泣使我亦沾衣浮海焉用說憶鄉難久違縱爲

魯連子山路有柴扉

江南曲

美人何蕩漾湖上風日長玉手欲有贈徘徊雙明璫歌聲隨綠水怨色起青陽日暮還家望雲波橫洞房

張謂

謂代北州老翁荅及湖中對酒行並在物情之外但衆人未曾說耳亦何必歷遐遠探古迹然後始爲冥搜

讀後漢逸人傳二首

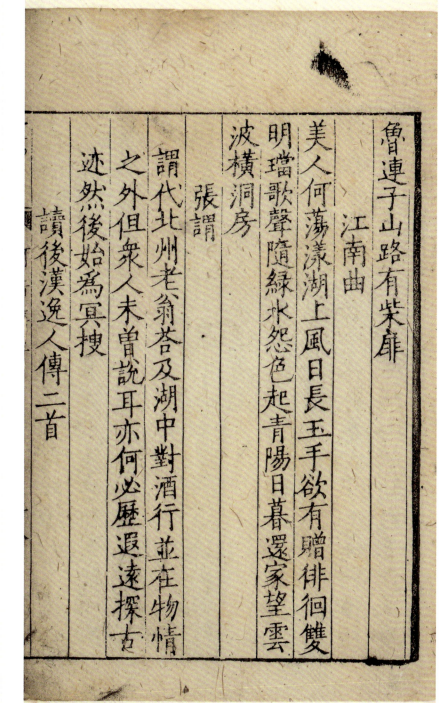

波毛作陂
龜毛作黿

子陵没已久讀史思其賢誰謂潁陽人千秋如比肩嘗聞漢皇帝曾是曠周旋名位苟無心對君猶可眠東過富春渚樂此佳山川夜卧松下月朝看江上煙釣時如有待釣罷應忘筌生事在林壑悠悠經暮年于今七里瀨遺迹尚依然高臺竟寂寞流水空潺湲

龐公南郡人家在襄陽里何處徧來往襄陽東波是誓將業田種終得保妻子何言二千石乃欲勸吾仕鸐鵲巢茂林龜鼉穴深水萬物從所欲吾心亦如此不見鹿門山朝朝白雲起采藥

中毛仙山

復采樵優游終暮齒

同孫搆免官後登薊樓懷歸作

昔在五陵時年少亦強壯嘗矜有奇骨必是封侯相東走到營州投身事邊將一朝去鄉國十載履亭障部曲皆武夫功成不相讓猶希虜塵動更取林胡帳去年大將軍忽負樂生謗北別傷士卒南遷死炎瘴濩落悲無成行登薊丘上長安三千里日夕西南望寒沙榆關没秋水灤河漲策馬從此辭雲中保閑放

贈喬林

去年上策不見收今年寄食仍淹留羡君有酒
能便醉羡君無錢能不憂如今五侯不待客羡
君不問五侯宅如今七貴方自尊羡君不過七
貴門丈夫會應有知己世上悠悠何足論

湖中對酒作

夜坐不厭湖上月晝行不厭湖上山眼前一樽
又長滿心中萬事如等閑主人有黍百餘石濁
醪數斗應不惜即今相對不盡歡別後相思復
何益茱萸灣頭歸路賒願君且宿黄翁家風光
若此人不醉參差辜負東園花

題長主人壁

世人結交須黃金黃金不多交不深縱令然諾暫相許終是悠悠行路心

王季友

季友詩愛奇務險遠出常情之外然而白首短褐良可悲夫至如觀于舍人西亭壁畫山水詩野人宿在人家少朝見此山謂山曉半壁仍棲嶺上雲開簾放出湖中鳥甚有新意

雜詩

采山仍采隱在木不在深持斧事遠游固悲匠

去毛作語

游毛作淤

者必翳翳青桐枝樵爨日所侵樵聲出巖壑四聽無知音豈爲鼎下薪當復堂上琴鳳鳥久不棲且與枳棘林

代賀枝令譽贈沈千運

相逢問姓名亦存別時無子今有孫山上雙松長不改百家惟有三家村村南村西車馬道一宿通舟水浩浩澗中磊磊十里石河上游泥種桑麥平坡塚墓皆我親滿田主人是舊客舉聲酸鼻問同年十人七人歸下泉分手如何更此地迴頭不去淚潸然

下人王作山　下保毛作得

觀于舍人壁畫山水

野人宿在人家少朝見此山謂山曉半壁仍棲嶺上雲開簾放出湖中鳥獨坐長松是阿誰再三招手起來遲于公大笑向予說小弟丹青能爾爲

滑中贈崔高士瓘

夫子保藥命外身保無咎日月不能老化腸爲筋不十年前見君甲子過我壽于何今相逢華髮在我後近而知其遠少見今白首遥信蓬萊宮不死世世有玄石采盈襜神方祕其肘問家

虛毛作玄

雲毛作芸

周毛作同

今毛作余

惟指雲愛氣常言酒攝生固如此履道當不朽
未能太虛同願亦天地久實腹以芝朮賤體仍
芻狗自勉將勉余良藥在苦口

山中贈十四祕書山兄

出山祕雲署山木巳再春食我山中藥不憶山
中人山中誰余密白髮日相親雀鼠晝夜無知
我廚廩貧有情盡捐棄土石爲周身依依舍北
松不厭吾南鄰夫子質千尋天澤枝葉新今以
不材壽非智免斧斤

酬李十六岐

闕三字毛作僊偶述

鍊丹文武火未成賣藥販僊偶述名出谷迷行洛陽道乘流醉卧滑臺城城下故人久離怨一歡適我兩家願朝飲杖懸沽酒錢暮飡囊有松花餅于何車馬日憧憧李膺門館爭登龍千賓揖對若流水五經發難如扣鐘下筆新詩行滿壁立談古人坐在席問我草堂有卧雲知我山儲無檐石自耕自刈食爲天如鹿如麋飲野泉亦知世上公卿貴且養丘中草木年

陶翰

歷代詞人詩筆雙美者鮮矣今陶生實謂兼

沙塵毛作塵沙

之既多興象復備風骨三百年以前方可論
其體裁也

古塞下曲

進軍飛狐北窮寇勢將變日落沙塵昏背河更
一戰騂馬黃金勒雕弓白羽箭射殺左賢王歸
奏未央殿欲言塞下事天子不召見東出咸陽
門哀哀淚如霰

燕歌行

請君留楚調聽我吟燕歌家在遼水頭邊風意
氣多出身爲漢將正值戎未和雪中淩天山冰

上度交河大小百餘戰封侯竟蹉跎歸來霸陵下故舊無相過雄劒委塵匣空門惟雀羅玉篸遂趙姝瑶琴付齊娥昔日不爲樂時哉今柰何

贈鄭貟外

驄馬拂繡裳按兵遼水陽西分鴈門騎北逐樓煩王聞道五軍集相邀百戰場風沙暗天起虜陣森已行儒服揖諸将雄謀吞八荒金門來見謁朱紱生輝光數載侍御史稍遷尚書郎人生志氣立所貴功業昌何必守章句終年事蒼黄同時獻賦客尚在東陵旁

知毛誤如　歎毛作頓　未毛作末　。　歲毛作將　闕毛作闕　何毛作同

望太華贈盧司倉

作吏到西華乃觀三峯壯削成元氣中傑出天河上如有飛動色不知青冥狀巨靈安在哉厥迹猶可望方此歎行旅未由飭仙裝葱朧記星壇明滅數雲障良友垂真契宿心所徵尚敢投歸山吟霞徑一相訪

晚出伊闕寄河南裴中丞

退無宴息資進無當代策冉冉時歲暮坐爲周南客前登闕塞門永眺伊城陌長川黯已暮千里寒氣白家本渭水西異日何所適秉志師禽

回毛作尚

邑多毛作道何

變毛作戀

回微言祖莊易一辭林壑閒共繫風塵役才名忽先進天邑多紛劇豈念嘉遁時依依耦沮溺

贈房侍御 時房公在新安

志人固不羈與道常周旋進則天下仰已之能晏然褐衣東府召執簡南臺先雄義每特立犯顏豈圖全謫居東南遠逸氣吟芳荃適會寥廓趣清波更寅緣扁舟入五湖發纜洞庭前浩蕩臨海曲迢遙濟江壖徵奇忽忘返遇興將彌年乃悟范生智足明漁父賢郡臨新安渚佳氣此城偏日夕對層岫雲霞映晴川閑居變秋色偃

亭毛似臺

卧含貞堅倚伏自相化行藏亦推遷君其振羽翮歲晏將沖天

經殺子谷

扶蘇秦帝子舉代稱其賢百萬猶在握可爭天下權柬身就一劒壯志皆棄捐塞下有遺迹千齡人共傳踈蕪盡荒草寂歷空寒煙到此空垂淚非我獨潸然

乗潮至漁浦作

櫂舟早乗潮潮來如風雨樟亭忽已隱界峯真及覩崩騰心爲失浩蕩目無主墜[illegible]浪始聞漾

含毛作吞

。

標毛

氣候改起視毛作惟改視朝日

曈曨毛作朣朦

漾入漁浦雲景共澄霽江山相含吐偉哉造化
靈此事從終古流沫誠足誠高歌調易苦頗因
忠信全客心猶栩栩

宿天竺寺

松柏亂巖口山西微徑通天開一峯見宮闕生
虛空正殿倚霞壁千樓標石叢夜來猿鳥靜鐘
梵寒雲中岑翠映湖月泉聲亂溪風心超諸境
外了與懸解同明發氣候改起視長崖東湖色
濃蕩漾海光漸曈曨葛仙迹尚在許氏道猶崇
獨往古來事幽懷期二公

得毛作東
莽莽毛作漭漭
難復毛作今難

早過臨淮

夜得三渚風晨過臨淮島潮中海氣白城上楚雲早鱗鱗魚浦帆莽莽蘆洲草川路日浩蕩愁焉心如擣且言任倚伏何暇念枯槁范子名屢移蘧公志常保古人去已久此理難復道

出蕭關懷古

驅馬擊長劍行役至蕭關悠悠五原上永眺關河前北虜三十萬此中常控弦秦城亘宇宙漢帝理旌旃刁斗鳴不息羽書日夜傳五軍計莫就三策議空全大漠橫萬里蕭條絕人煙孤城

祁秦作新

清秦作新

其論毛作論其數

當瀚海落日照祁連愴然苦寒奏懷哉式微篇
更悲秦樓月夜夜出胡天

李頎

頎詩發調既清修辭亦秀雜歌咸善玄理最
長至如送暨道士云大道本無我青春長與
君又聽彈胡笳聲云幽音變調忽飄灑長風
吹林雨墮瓦迸泉颯颯飛木末野鹿呦呦走
堂下足可歔欷震蕩心神惜其偉才只到黃
綬故其論家往往高於衆作

謁張果老先生

放浪毛作浪迹
雲毛作雲非

來毛作還
咸宋作感

先生谷神者甲子焉能計自說軒轅師于今數千歲寓遊城郭裏放浪希夷際應物雲無心逢時舟不繫霞飡斷火粒野服兼荷製白雲淨肌膚青松養身世韜精殊豹隱錬質同蟬蛻忽去不知誰偶來寧有契二儀齊壽考六合隨休憩彭聃猶嬰孩松期且微細嘗聞穆天子更憶漢皇帝親屈萬乘尊將窮四海裔車徒變草木錦帛招談說入駿空往來三山轉虧蔽吾君咸至德玄老欣來詣受籙金殿開清齋玉堂閉笙歌迎拜首羽帳崇嚴衛禁柳垂香爐宫花拂仙袂

曁道 毛

十洲毛作中州

祈年寶祚廣致福蒼生惠何必待龍髯鼎成方
取濟

送暨道士還玉清觀

仙宮有名籍度世吳江濱大道本無我青春長
與君十洲俄已到至理得而聞明主降黃屋時
人看白雲空山何窈窕三秀日氛氳遂此留書
客超遙煙駕分

東郊寄萬楚

濩落久無用隱身甘採薇仍聞薄宦者還事田
家衣賴水日夜流故人相見稀春山不可望黃

發毛作登

鳥東南飛濯足豈長往一樽聊可依了然潭上
月適我胷中機在昔同門友如今出處非優游
白虎殿偃息青瑣闈且有薦君表當看攜手歸
寄書不代面蘭茝空芳菲

發首陽山謁夷齊廟

故人已不見喬木竟誰過寂寞首陽山白雲空
復多蒼苔歸地骨皓首採薇歌畢命無怨色成
仁其若何我來入遺廟時候微清和落日吊山
鬼迴風吹女蘿石門正西豁引領望黃河千里
一飛鳥孤光東逝波驅車層城路惆悵此巖阿

毛少潛字
是毛作兒
橈毛作筆

題綦毋潛校書所居

常稱掛冠吏昨日歸滄洲行客暮帆遠主人庭樹秋豈伊得天命但欲爲山遊萬物我何有白雲空自幽蕭條江海上日夕是丹丘生事本魚鳥賞心隨去留惜哉曠微月欲濟無輕舟倏忽令人老相思河水流

漁父歌

白頭何老人蓑笠蔽其身避世常不仕釣魚清江濱浦沙明濯足山月靜垂綸寓宿湍與瀨行歌秋復春持橈湘岸竹爇火蘆洲薪緑水飯香

毛作隴底白雪
詩毛作歌
媧毛作嬌

稻青荷包紫鱗於中還自樂所欲全吾真而笑
獨醒者臨流多苦辛

古意

男兒事長征生小幽燕客賭勝馬蹄下由來輕
七尺殺人莫敢前鬚如蝟毛磔黃雲白雪隴底
飛未得報恩不得歸遼東小婦年十五慣彈琵
琶解歌舞今爲羌笛出塞聲使我三軍淚如雨

送康洽入京進樂府詩

識子十年何不遇只愛歡遊兩京路朝吟左氏
媧女篇夜誦相如美人賦長安春物舊相宜小

夜毛作日

苑蒲萄花滿枝柳色偏濃九華殿鶯聲醉殺五陵兒曳裾此夜從何所中貴由來盡相許白袂春衫仙吏贈烏皮隱几臺郎與新詩樂府唱堪愁御妓應傳鳷鵲樓西上雖因長公主終須一見曲陵侯

送陳章甫

四月南風大麥黃棗花未落桐陰長青山朝別暮還見嘶馬出門思舊鄉陳侯立身何坦蕩虬鬚虎眉仍大顙腹中著書一萬卷不肯低頭在草莽東門酤酒飲我曹心輕萬事如鴻毛醉卧

鷹毛作雁

不知白日暮有時空望孤雲高長河浪頭連天黑津吏停舟渡不得鄭國遊人未及家洛陽行子空歎息聞道故林相識多罷官昨日今如何

聽董大彈胡笳聲兼語弄寄房給事

蔡女昔造胡笳聲一彈一十有八拍胡人落淚向邊草漢使斷腸對歸客古戍蒼蒼烽火寒大荒陰沉飛雪白先拂商絃後角羽四郊秋葉驚摵摵董夫子通神明深山竊聽來妖精言遲更速皆應手將往復旋如有情空山百鳥散還合萬里浮雲陰且晴嘶酸雛鷹失羣夜斷絕胡兒

才高毛作高才

戀母聲川爲靜其波鳥亦罷其鳴烏珠部落家鄉遠邏逤沙塵哀怨生幽陰變調忽飄灑長風吹林雨墮瓦迸泉颯颯飛木末野鹿呦呦走堂下長安城連東掖垣鳳凰池對青瑣門才高脫略名與利日夕望君抱琴至

緩歌行

小來脫身攀貴遊傾財破產無所憂暮擬經過石渠署朝將出入銅龍樓結交杜陵輕薄子謂言可生復可死一沉一浮會有時棄我翻然如脫屣男兒立身須自強十年閉戶潁水陽業就

接毛作揖

功成見明主擊鍾鼎食坐華堂二八蛾眉梳墮馬美酒清歌曲房下文昌宮中賜錦衣長安陌上退朝歸五侯賓從莫敢視三省官僚接者希早知今日讀書是悔作從前狂俠兒

鮫人歌

鮫人潛織水底居側身上下隨龍魚輕綃文采不可識夜夜澄波連月色有時寄宿來城市海島青冥無極已泣珠報恩君莫辭今年相見明年期始知萬族無不有百尺深泉架户牖鳥没空山誰復望一望雲濤堪白首

王本適□作常侍

送盧逸人

洛陽爲此別攜手更何時不復人間見秪應海上期青溪入雲木白首卧茅茨共惜盧敖去天邊望所思

野老曝背

百歲老翁不種田唯知曝背樂殘年有時捫虱獨搔首目送歸鴻籬下眠

高適

適[redacted]性拓落不拘小節恥預常科隱迹博徒才名自遠然適詩多胷臆語兼有氣骨故朝

毛誤繆綢

野通賞其文至如燕歌行等篇甚有奇句且
余所愛者未知肝膽向誰是令人却憶平原
君吟諷不厭矣

哭單父梁九少府

開篋淚沾臆見君前日書夜臺今寂寞猶是子
雲居疇昔貪靈奇登臨賦山水同舟南楚下望
月西江裏契闊多别離綢繆到生死九泉知何
在萬事皆如此晋山徒嗟峨斯人已冥冥常時
禄且薄没後家復貧妻子在遠道兄弟無一人
十上多苦辛一官恒自哂青雲將可致白日忽

獨毛作有　參毛作叅　安

西盡唯獨身後名空留無遠近

宋中遇陳兼

常參鮑叔義所期王佐才如何守苦節獨自無
良媒離別十年內飄飄千里來安知罷官後唯
見柴門開窮巷隱東郭高堂詠南陔籬根長花
草井口生莓苔伊昔望霄漢于今倦蒿萊男兒
須達命且醉手中杯

宋中

梁苑白日暮梁山秋草時君王不可見脩竹令
人悲九月桑葉落寒風鳴樹枝

九日酬顧少府

簷前白日應可惜籬下黃花爲誰有客子迎霜未授衣主人得錢肯酤酒蘇秦憔悴時多厭蔡澤栖遲世看醜縱使登高只斷腸不如獨坐空搔首

見薛大臂鷹作

寒楚十二月蒼鷹八十毛寄言燕雀莫相啅自有雲霄萬里高

酬岑主簿秋夜見贈

舍下蛬亂鳴居然自蕭索緬懷高秋興忽枉清

空毛作枯　毛無校三字　箕毛作南　毛無校注三字

夜作感物我心勞涼風生二毛池空菡萏死月上一作出梧桐高如何異州縣復得交才彥汨沒嗟後時蹉跎恥相見箕山別來久魏闕誰不戀獨有江海心悠悠未嘗倦

送韋參軍

二十解書劍西遊長安城舉頭望君門屈指取一作數公卿國風沖融邁三五朝廷歡樂彌寰宇白璧皆言賜近臣布衣不得干明主歸來洛陽無負郭東過梁宋非吾土兔苑爲農歲不登鴈池垂釣心常苦世人遇我同衆人唯君於我情

棊毛作琴

終當毛作丈夫

付與毛作分付

相親且喜百年有交態未曾一日辭家貧彈棊擊筑白日晚縱酒高歌楊柳春歡娛未盡分散去使我惆悵驚心神終當不作兒女別臨歧涕淚沾衣巾

封丘作

我本漁樵孟諸野一生自是悠悠者乍可狂歌草澤中寧堪作吏風塵下只言小邑無所爲公門百事皆有期拜迎長官心欲碎鞭撻黎庶令人悲悲來向家問妻子舉家盡笑今如此生事應須南畝田世情付與東流水夢想舊山安在

遊毛作行

數毛作幾

屯如雲毛作如雲屯

哉爲銜君命日遲迴早知梅福徒爲爾轉憶陶潛歸去來

邯鄲少年遊

邯鄲城南遊俠子自矜生長邯鄲裏千場縱博家仍富數處報讎身不死宅中歌笑日紛紛門外車馬屯如雲未知肝膽向誰是令人却憶平原君君不見即今交態薄黄金用盡還疎索以兹歎息辭舊遊更於時事無所求且與少年飲美酒往來射獵西山頭

燕歌行　并序

毛少二字 元戎毛作御史張公

賜毛作借

庭毛作風

開元二十六年客有從元戎出塞而還者作燕
歌行以示適感征戍之事因而和焉
漢家煙塵在東北漢將辭家破殘賊男兒本自
重橫行天子非常賜顏色摐金伐鼓下榆關旌
旆逶迤碣石間校尉羽書飛瀚海單于獵火照
狼山山川蕭條極邊土胡騎憑陵雜風雨戰士
軍前半死生美人帳下猶歌舞大漠窮秋塞草
腓孤城落日鬭兵稀身當恩遇常輕敵力盡關
山未解圍鐵衣遠戍辛勤久玉筯應啼別離後
少婦城南欲斷腸征人薊北空迴首邊庭飄飄

那可度絶域蒼茫無所有殺氣三時作陣雲寒聲一夜傳刁斗相看白刃血紛紛死節從來豈顧勳君不見沙場征戰苦至今猶憶李將軍

行路難

君不見富家翁舊時貧賤誰比數一朝金多結豪貴百事勝人健如虎子孫生長滿眼前妻能管絃妾能舞自矜一朝忽如此却笑傍人獨愁苦東隣少年安所如席門窮巷出無車有才不肯學干謁何用年年空讀書

塞上聞笛

愛毛作厭
柸毛作鍾
奇體毛作造奇
矣毛作才

胡人羌笛戍樓間樓上蕭條明月閑借問梅花何處落風吹一夜滿關山

營州歌

營州少年愛原野狐裘蒙茸獵城下虜酒千柸不醉人胡兒十歲能騎馬

岑參

參詩語奇體峻意亦奇造至如長風吹白茅野火燒枯桑可謂逸矣又山風吹空林颯颯如有人宜稱幽致也

終南雙峯草堂作

晝毛永

淙下毛多望字

適毛作旦　峰若巖

斂跡歸山田息心謝時輩晝還草堂卧但與雙峯對興來資佳遊事愜符勝槩著書高窻下日夕見城内曩爲世人誤遂負平生愛久與林壑辭及來杉松大偶兹近精盧數預名僧會有時逐樵漁盡日不冠帶崖口上新月石門破蒼靄色向羣木深光摇一潭碎緬懷鄭生谷頗憶嚴子瀨勝事猶可追斯人邈千載

毛校云本集此題無終南雲際等十七字

終南雲際精舍尋法澄上人不遇歸高冠東潭石淙秦嶺微雨作貽友人

昨夜雲際宿適從西峯迴不見林中僧微雨潭

晴毛校青

里毛誤理

上來諸峯皆晴翠秦嶺獨不開石鼓有時鳴秦
王安在哉水漈斷山口吼沫相喧極噴壁四時
雨傍村終日雷北瞻長安道日夕生塵埃若訪
張仲蔚衡門應蒿萊 案毛校云本集無水漈云云下有東南雲開處突兀獨穎崟峯畢懸瀑流半空白皚皚四句

戲題關門

來亦一布衣去亦一布衣羞見關城吏還從舊
路歸

觀釣翁

扁舟滄浪叟心與滄浪清不自道鄉里無人知
姓名朝從灘上飯暮向蘆中宿歌竟還復歌手

樽毛

毛本已老下多始知人老不如花可惜落花君莫掃亦字非

持一竿竹竿頭釣絲長丈餘鼓枻乗流無定居
世人那得解深意此翁取適非取魚

茙葵花歌

昨日一花開今日一花開今日花正好昨日花
巳老人生不得長少年莫惜床頭沽酒錢請君
有錢向酒家君不見茙葵花

偃師東與韓樽同訪景雲暉上人即事

山陰老僧解楞伽潁陽歸客遠相過煙深草濕
昨夜雨雨後秋風度漕河空山終日塵事少平
郊遠見行人小尚書磧上黃昏鐘別駕渡頭一

歸鳥

春夢

洞房昨夜春風起遥憶美人湘江水枕上片時春夢中行盡江南數千里

河岳英靈集上

癸巳正月運

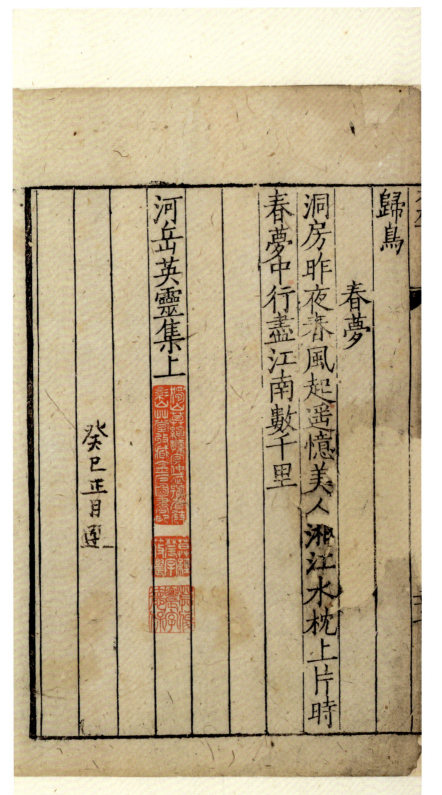

少年爲詩年少無屬意浮艷句多誤作名

照毛作昭少江淹二字

新上毛作上新

河岳英靈集下

崔顥

顥少年爲詩屬意浮艶多陷輕薄晚節忽變常體風骨凛然一窺塞垣說盡戎旅至如殺人遼水上走馬漁陽歸錯落金瑣甲蒙茸貂鼠衣又春風吹淺草獵騎何翩翩插羽兩相顧鳴弓新上絃可與鮑照江淹並驅也一作鳴弓上新弦

贈王威古

三十羽林將出身常事邊春風吹淺草獵騎何翩翩插羽兩相顧鳴弓新上絃射麋入深谷飲

馬投荒泉馬上共傾酒野中聊割鮮相看未及醉雜虜寇幽燕烽火去不息胡山高際天長驅救東北戰解城亦全報國行赴難古來皆共然

古遊俠呈軍中諸將

少年負膽氣好勇復知機扙劒出門去孤城逢合圍殺人遼水上走馬漁陽歸錯落金瑣甲蒙茸貂鼠衣還家行且獵弓矢速如飛地迥鷹犬疾草深狐兎肥腰間帶兩綬轉眄生光輝顧謂今日戰何如隨建威

送單于裴都護

都護帖毛多赴西河三字

征馬去翩翩秋城月正圓單于莫近塞都護欲臨邊漢驛通煙火胡沙乏水泉功成須獻捷未必去經年

江南曲

君家定何處妾住在橫塘停船暫借問或可是同鄉

贈懷一上人

法師東南秀世實豪家子削髮十二年誦經我眉裏自此照羣蒙卓然爲道雄觀生盡歸妄悟有皆成空洗意無衆染若心歸妙宗一朝勑書

域毛作城
縛毛
王毛作主

至召入承明宮説法金殿裏焚香清禁中傳燈
遍都邑杖錫遊王公天子揖妙道羣僚趨下風
我本法無着時來出林壑因心得化域隨病皆
與藥上啓黃屋心下除蒼生縛一從入君門説
法無朝昏帝作轉輪王師爲持戒尊軒風灑甘
露佛雨生慈根但有滅度理而無開濟恩復聞
江海曲好殺成風俗帝曰我上人爲除羶腥欲
是日發西秦東南至蘄春風將衡桂接地與吳
楚鄰舊少清信士實多漁獵人一聞吾師至捨
網江湖濱作禮懺前惡潔誠期後因因成日旣

下永毛作承

毛襄下多郡字無效陶體三字

五毛作師無校注

久事濟身不守更出淮楚間復來荆河口荆河馬卿岑兹地近道林入講鳥常狎坐禪獸不侵都非緣未盡曾是教所任故我一來事永永徵妙音竹房見衣鉢松宇清身心早悔業志淺晚成計可尋善哉遠公義清淨如黃金

結定襄獄效陶體

我在河東時使往定襄里定襄諸小兒爭訟紛城市長老莫敢言太守不能理謗書盈几案文墨相塡委牽引肆中翁追呼田家子我來折此獄五一作師聽辨疑似小大必以情未嘗施鞭箠

是時三月暮遍野農桑起里巷鳴春鳩田園引
流水此鄉多雜俗戎夏殊音旨顧問邊塞人勞
情曷云已

遼西

燕郊芳歲晚殘雪凍邊城四月青草合遼陽春
水生胡人正牧馬漢將日徵兵露重寶刀濕沙
虛金甲鳴寒衣着已盡春服誰爲成寄語洛陽
使爲傳邊塞情

孟門行

黃雀銜黃花翩翩傍簷隙本擬報君恩如何返

毛無校注三字

不毛作可

末句毛同作　無校注

彈射金罍美酒滿座春平原愛才多衆賓滿堂盡是忠義士何意得有讒諛人諛言翻覆那可道能令君心不自保北園新栽桃李枝根株未固何轉移成陰結子君自取若借一作問傍人那得知

霍將軍篇

毛校注云或作長安道

長安甲第高入雲誰家居住霍將軍日晚朝迴擁賓從路傍揖拜何紛紛莫言炙手手不熱須臾火盡灰亦滅莫言貧賤即可欺人生富貴自有時一朝天子賜顏色世事上一作悠悠應自作一

雨毛作霧

在毛作是

始知

鴈門胡人歌

高山代郡接東燕鴈門胡人家近邊解放胡鷹逐塞鳥能將代馬獵秋田山頭野火寒多燒雨裏孤峯濕作煙聞道遼西無鬭戰時時醉向酒家眠

黃鶴樓

昔人已乘白雲去此地空遺黃鶴樓黃鶴一去不復返白雲千載空悠悠晴川歷歷漢陽樹春草萋萋鸚鵡洲日暮鄉關何處在煙波江上使

毛無四字

人愁

薛據

據爲人骨鯁有氣魄其文亦爾自傷不早達因著古興詩云投珠恐見疑抱玉但垂泣道在君不舉功成歎何及怨憤頗深至如寒風吹長林白日原上没又孟冬時晷短日盡西南天可謂曠代之佳句也

古興

日中望雙闕軒蓋揚飛塵鳴佩初罷朝自言皆近臣光華滿道路意氣安可親歸來宴高堂廣

分毛作久
得毛作能
情毛作懷
露毛作雪按當是霰

逴羅八珍僕妾盡紈綺歌舞夜達晨四時自相代誰能分要津已看覆前車未見易後輪丈夫須兼濟豈得樂一身君今皆得志肯顧憔悴人

初去郡齋書情

肅徒辤汝穎懷古獨悽然尚想文王化猶思巢父賢時移多讒巧大道竟誰傳況見疾風起悠悠旌旆懸征鴻無返翼歸流不停川已經霜露下仍驗松栢堅迴首望城邑迢迢間雲煙志士不傷物小人皆自妍感時惟責己在道非怨天從此適樂土東歸得幾年

毛晉校注

廳下毛多學
高鑒清洞徹
儒風人進毛

落第後口號

十五能文西入秦三十無家作路人時命不將明主合布衣空惹洛陽塵一本作綦毋潛詩

題丹陽陶司馬廳

高鑒清洞徹儒風人進難詔書增寵命才子益能官門帶山光晚城臨江水寒唯余好文客時得詠幽蘭

冬夜寓居寄儲太祝

自爲洛陽客夫子吾知音愛義能下士時人無此心柰何離居夜巢鳥飛空林愁坐至月上復

施天毛作雨施
澤毛

聞南鄰砧

懷哉行

明時無廢人廣厦無棄材良工不我顧有用寧自媒懷策望君門歲晏空遲迴秦城多車馬日夕飛塵埃伐鼓千門啓鳴珂雙闕來我聞雷施天天澤罔不該何意斯人徒棄之如死灰主好臣必效時禁權必開俗流實驕矜得志輕草萊文王賴多士漢帝資羣才一言並拜將片善咸居台夫君何不遇爲泣黃金臺

泊鎮澤口

寄

誠毛作識

淅毛作浙

長毛作決

日落草木陰舟徒泊江汜蒼茫萬象開合沓聞
風水洄沿值漁翁寄篠逢樵子雲開天宇靜月
明照萬里早鴈湖上飛晨鐘海邊起獨坐嗟遠
遊登岸望孤洲零落星欲盡朣朦氣漸收行藏
空自秉智誠仍未周伍胥既伏劒范蠡亦乘流
歌竟鼓楫去三江多客愁

西陵口觀海

淅江漫湯湯近海勢彌廣在昔胚混凝融爲百
川長地形失端倪天色潛滉瀁東南際萬里極
目遠無象山影乍浮沉潮波忽來往孤帆或不

嚮毛作想

谷毛作漾

見棹歌猶嚮像日暮長風起客心空振蕩浦口霞未收潭心月初上林嶼幾邅迴亭皐時偃仰歲晏訪蓬瀛眞遊非外奬

登秦望山

南登秦望山目極大海空朝陽半蕩谷晃朗天水紅溪壑爭噴薄江湖遞交通而多漁商客不悟歲月窮振緡迎早潮弭棹候遠風予本萍泛者乗流任西東茫茫天際帆栖泊何時同將尋會稽迹從此訪任公

出青門往南山下別業

舊居在南山夙駕自城闕榛莽相蔽虧去爾漸超忽散漫餘雪晴蒼茫季冬月寒風吹長林白日原上没懷抱曠莫伸相知阻胡越弱年好棲隱鍊藥在巖窟及此離垢氛與來亦因物末路期赤松斯言庶不伐

綦毋潛

潛詩屹崒峭蒨足佳句善寫方外之情至如松覆山殿冷不可多得又塔影掛清漢鐘聲和白雲歷代未有荆南分野數百年來獨秀斯人毛本此條作摘選詩舉警聯清秀蕭蕭跨俗塵之役乎已獨絕至如松覆山殿冷不可多得又如鐘聲和白雲歷代未有倘使若人加氣質減雕飾則高視三百年外也

春泛若耶

幽意無斷絕此去隨所偶晚風吹行舟花路入溪口際夜轉西壑隔山望南斗潭煙飛溶溶林月低向後生事且瀰漫願爲持竿叟

題招隱寺絢公房

開士度人久空山花霧深徒知宴坐處不見有爲心蘭若門對壑田家路隔林還言澄法性歸去比黄金

題鶴林寺

道門隱形勝向背臨層霄松覆山殿冷花藏溪

路遙珊珊寶幡掛焰焰明燈燒遲日半空谷春
風連上潮少憑水木興蹔添身心調願謝攜手
客茲山禪侶饒

題靈隱寺山頂院

招提此山頂下界不相聞塔影掛清漢鐘聲和
白雲觀空靜室掩行道衆香焚且駐西來駕人
天日未曛

送儲十二還莊城

西坂何繚繞青林問子家天寒噪野雀日晚度
城鴉寂歷道傍樹曈曨原上霞茲情不可說長

裏毛作間

聲毛作罄

恨隱淪賒

若耶溪逢孔九

相逢此溪曲勝託在煙霞潭影竹裏動巖陰簷際斜人言上皇代犬吠武陵家借問淹留日春風滿若耶

孟浩然

余嘗謂禰衡不遇趙壹無祿其過在人也及觀襄陽孟浩然聲折謙退才名日高天下籍甚竟淪落明代終於布衣悲夫浩然詩文彩芊茸經緯綿密半遵雅調全削凡體至如衆

動毛作撼

月近人下當有一語評云。毛本無建德江廿五字。

憩毛作客

越毛作溪　無校注

山遥對酒孤嶼共題詩無論輿象兼復故實
又氣蒸雲夢澤波動岳陽城亦爲高唱建德
江宿云移舟泊煙渚日暮客愁新野曠天低
樹江清月近人

過景空寺故融公蘭若

池上青蓮宇林間白馬泉故人成異物過憩獨
潸然既禮新松塔還尋舊石筵平生竹如意猶
掛草堂前

過融上人蘭若

山頭禪室掛僧衣窻外無人越溪一作鳥飛黃昏

聯毛作戀

司下毛多戶員三字

稚毛作公

毛無永嘉二字

半在下山路却聽松聲聯翠微

裴司士見尋

府僚能枉駕家醞復新開落日池上酌清風松下來廚人具雞黍稚子摘楊梅誰道山翁醉猶能騎馬迴

永嘉上浦館逢張子容

逆旅相逢處江村日暮時衆山遥對酒孤嶼共題詩廨宇鄰鮫室人煙接島夷鄉關萬餘里失路一相悲

九日懷襄陽

去國似如昨倏焉經杪秋峴山望不見風景令人愁誰採籬下菊應閑池上樓宜城多美酒歸與葛強遊

歸故園作

北闕休上書南山歸弊廬不才明主棄多病故人踈白髮催年老青陽逼歲除永懷愁不寐松月夜窻虛

夜歸鹿門歌

山寺鳴鐘晝已昏魚梁渡頭爭渡喧人隨沙道向江村予亦乗舟歸鹿門鹿門月照煙中樹忽

元無此二首乃編在崔國輔詩集

湘毛作湘

到龎公棲隱處巖扉松徑長寂寥唯有幽人夜
來去

夜渡湘江

客行貪利涉夜裏渡湘川露氣聞芳杜歌聲識
採蓮榜人投岸火漁子宿潭煙行侶遥相問涔
陽何處邊

渡湘江問舟中人

潮落江平未有風扁舟共濟與君同時時引領
望天末何處青山是越中

崔國輔

邀毛作反

醼毛誤醼酤

何肯相救援毛七句

曰毛作因

數毛

國輔詩婉孌清楚深宜諷味樂府數章古人不能過也

雜詩

逢著平樂兒論交鞍馬前與酣一斗酒恰用十千錢後余在關内作事多迍邅何處肯相救徒聞寶劍篇

石頭瀨作

悵矣秋風時余臨石頭瀨日高見超遠望盡此州内羽山[redacted]點青海岸雜光碎離離樹木少漭漭波潮大日暮千里帆南飛落天外須臾遂入

夜楚色有微譪尋遠跡已窮遺榮事多昧一身
猶未理安得濟時代且泛朝夕潮荷衣蕙爲帶

魏宫詞

朝日點紅粧擬上銅雀臺畫眉猶未竟魏帝使
人催

怨詞

妾有羅衣裳秦王在時作爲舞春風多秋來不
堪着

少年行

遺却珊瑚鞭白馬驕不行章臺折楊柳春日路

傍情

長信草

長信宮中草年年愁處生時侵珠履迹不使玉
墀行

香風詞

洛陽梨花落如霰河陽桃葉生復齊坐怨玉樓
春欲盡紅綿粉絮裛糚啼

對酒吟

行行日將夕荒村古塚無人迹蒙籠荆棘一鳥
吟屢勸提壺酤酒喫古人不達酒不足遺恨精

多毛作足
楚王來毛作淮陰侯
黃金毛作拮欲
恩作遠 毛作花：水中 前臨雙小
淮陰口毛作不
可到
每毛作暮

靈傳此曲寄言世上諸少年平生且盡杯中綠

漂母岸

泗水入淮處南邊古岸存秦時有漂母於此饋王孫王孫初未遇寄食何多論後爲楚王來黃金荅母恩事迹貴在此空傷千載魂前臨雙小渚上有一孤墩[redacted]望淮陰口蒼蒼霧樹昏幾年崩塚色每日落潮痕古地多堙阨時哉不敢言向夕淚沾裳只宿蘆洲村

湖南曲

湖南送君去湖北送君歸湖裏鴛鴦鳥雙雙他

遥毛

毛此題下校云一刻下三首孟浩然作崔集不載而以前錄浩然末三首編此後

但毛

道毛作遠华遠得字

崗毛誤門

柏毛

自飛

秦中感興寄遠上人

一丘常欲臥三徑苦無資北上非吾願東林懷我師黃金燃桂盡壯志逐年衰日夕涼風至聞蟬但益悲

儲光羲

儲公詩格高調逸趣遠情深削盡常言挾風雅之道得浩然之氣述華清宮詩云山開鴻濛色天轉招搖星又遊茅山詩云山門入松栢天路涵虛空此例數百句已略見荊楊集

覩下毛本無公字此乃空格也殆儲字也
分毛作外無複泛

洗毛作浣

㊁不復廣引璠嘗覩[redacted]公正論十五卷九經分一作外義疏二十卷言慱理當實可謂經國之大才

雜詩二章

秋氣肅天地太行高崔嵬猿狖清夜吟其聲一何哀寂寞掩圭蓽夢寐游蓬萊琪樹遠亭亭玉堂雲中開洪崖吹簫筦素女飄飄來雨師既洗後道路無纖埃鄙哉楚襄王獨如雲陽臺

渾胚本無象末路多是非達士志寥廓所在能忘機耕鑿時未至還山聊採薇虎豹對我蹲鸑

絡繹毛作格澤
近毛作遊
目毛作萛
澤
逢毛作語

鸞傍我飛仙人空中來謂我勿復歸絡繹爲君
駕雲霓爲君衣西近崑崙墟可與世人違

效古二章

晨登涼風臺目走邯鄲道曜靈何赫烈四野無
青草大軍北集燕天子西居鎬婦人役州縣丁
男事征討老幼相別離泣哭無昏早稼穡既殄
絶川澤復枯槁曠哉遠此憂冥冥商山皓
東風吹大河河水如倒流河洲塵沙起有若黄
雲浮頽霞燒廣澤洪曜赫髙丘野老相逢無
地可蔭休翰林有客卿獨負蒼生憂中夜起躑

象 毛作蒙

厚 毛作原

陪鰓 毛作蹭蹬

躅思欲獻厥謀君門峻且深跼足空夷猶

猛虎詞

寒亦不憂雪飢亦不食人人肉豈不甘所惡傷明神太室爲我宅孟門爲我鄰百獸爲我膳五龍爲我賔象馬一何威浮江亦以仁綵章曜朝日牙爪雄武臣髙雲逐氣浮厚地隨聲震君能賈餘勇日夕長相親

射雉詞

曝暄理新翳迎春射鳴雉厚田遥一色臯陸曠千里遠聞咿喔聲時見雙飛起冪歷疎蒿下陪

仍毛作乃
遞毛作遰
軌毛作時
淚毛作林
鴈毛作萩　荷毛作蓮
養毛作草
波毛作陂

鰓深麥裏顧敵仍忘生爭雄方決死仁心貴勇義豈復能傷此超遥下故墟迢遞回高軌丈夫昔何苦取笑歡妻子

採蓮詞

淺渚荇花繁深塘莬葉踈獨往方自得恥邀淇上姝廣江無術阡大澤絶方隅浪中海童語淚下鮫人居春鴈時隱舟新荷復滿湖采采乗日養不思賢與愚

牧童詞

不言牧田遠不道牧波深所念牛馴擾不亂牧

顏毛作類
家下毛多郎字
螾毛作蚓
鵠毛作鴿
側毛作惻

童心圓笠覆我首長蓑披我襟方將憂暑雨亦以懼寒陰大牛隱層坂小牛穿近林同顏相鼓舞觸物成謳吟取樂須臾間寧問聲與音

田家事

蒲葉日已長杏花日已滋老農要看此貴不違天時迎晨起飯牛雙駕耕東菑蚯螾土中出田烏隨我飛羣鵠亂啄噪嗷嗷如道飢我心多側隱顧此兩傷悲撥食與田烏日暮空筐歸親戚更相笑我心終不移

寄孫山人

新林二月孤舟還水滿清江花滿山借問故園隱君子時時來去在人間

詶綦毋校書夢遊耶溪見贈之作

校文在仙掖每有滄洲心況以北窻下夢遊清溪陰春看湖口漫夜入迴塘深往往纜垂葛出舟望前林山人松下飯釣客蘆中吟小隱何足貴長年固可尋還車首東道惠然若南金以我採薇意傳之天姥岑

長年至東道五句毛本作勝遊在幽尋應茲山水間泠然若鳴琴申章謝來素愧莫詶知音又校注云末五句集

使過彈箏峽作

作云云對與此同惟南金作黃金

鳥雀知天雪羣飛復羣鳴原田無遺粟日暮滿

色毛作白
故毛作古
平毛作相

空城達士憂世務鄙夫念王程晨過彈箏峽馬足凌兢行雙壁隱靈耀莫能知晦明皚皚堅冰色漫漫陰雲平始信故人言苦節不可貞

王昌齡

元嘉以還四百年內曹劉陸謝風骨頓盡頃有太原王昌齡儲光羲頗從厥迹且兩賢氣同體別而王稍聲峻至如明堂坐天子月朔朝諸侯清樂動千門皇風被九州慶雲從東來泱漭抱日流又雲起太華山雲山平明滅東峯始含景了了見松雪又楮柟無冬

怒濤聲似寒時

鐵驄毛似鷺

春柯葉連峯稠陰壁下蒼黒煙含清江樓疊沙積爲岡崩剥雨露幽石脉盡横亘潛潭何時流又京門望西岳百里見郊樹飛雨祠上來靄然關中暮又奸雄乃得志遂使羣心揺赤風蕩中原烈火無遺巢一人計不用萬里空蕭條又百泉勢相蕩巨石皆却立昏爲蛟龍怒清見雲雨入又去時三十萬獨自還長安不信沙場苦君看刀箭瘢又蘆荻寒蒼江石頭岸邊飲又長亭酒未酣千里風動地天仗森森練雪擬身騎鐵驄白鷹臂斯並驚耳

文毛作刈

再毛作垂

毛本此詩共二十八句與此異其校注本集則與此同

士集作土

末集作東

駭目今略舉其數十句則中興高作可知矣

余嘗覩王公長平伏寃文吊椓道賦仁有餘

也柰何曉節不矜細行謗議沸騰再歷遐荒

使知音歎惜

毛本載本傳詠史云荷畚至洛陽策杖遊北門天下忽甲兵豺狼滿中原明夷方遘患顧我徒崩奔自慙菲薄才誤蒙國士恩位重任亦重時危志彌敦西北未及終東南不可吞進則恥保躬退乃爲觸藩歎息嵩山老而後知其尊

詠史

荷畚至洛陽胡馬屯北門天下裂其七豺狼滿

中原明夷方濟世斂翼黄埃昏披雲見龍顔始

蒙國士恩位重謀亦深所舉無遺奔長策寄臨

終末南不可吞賢智苟有時貧賤何所論唯然

嵩山老而後知我言

嶺集作勝　遂集作遠公　煙集作煙　標集作標　北毛作化　昔毛作借　花毛作化

觀江淮名山圖

刻意吟雲山尤知隱淪妙公遠遠何爲者再詣臨海嶠而我高其風披圖得遺照援毫無逃境遂展千里眺淡掃荆門壁明標赤城燒青葱林間嶺隱見淮海徼但指香爐頂無聞白猿嘯沙門既云滅獨往豈殊調感對懷拂衣胡寧事漁釣安期始遺舄千古謝榮燿投迹庶可齊滄浪有孤棹

毛本云刻意吟雲山尤愛丹青妙稜層列林壑微茫出海嶠而我高其人樸直霞翳幽勝特此足爲圖益展千里眺淡掃霏素煙濃抹映殘照方湖江漢流忽見淮海徼湘岫亦遙與京皇英後誰弔遐蹤既云滅獨往豈殊調感對懷拂衣胡寧事漁釣安期始遺舄千古謝榮耀投迹庶可齊滄浪有孤棹

香積寺禮拜萬迴平等二聖僧塔

眞無御北來昔有乘花歸如彼雙塔內孰能知

聖毛作主

是非愚也駭蒼生聖哉爲帝師當爲時世出不
由天地資萬迴至此方平等性無違今我一禮
心億刼同不移肅肅松栢下諸天來有時

齋心

女蘿覆石壁溪水幽濛朧紫葛蔓黃花娟娟寒
露中朝飲花上露夜卧松下風雲英化爲水光
彩與我同日月蕩精魄寥寥天府空

緱氏尉沈興宗置酒南溪留贈

林色與溪古深篁引幽翠山罇在漁舟棹月情
已醉始窮清源口壑絶人境異春泉滴空崖萌

五毛作吾

可任今毛作意已會

仲毛作栗

草垿陰地久之風榛寂遠聞樵聲至海鳫時獨飛永然滄洲意古時青冥客滅迹淪一尉五子躊躇心豈其紛埃事緱岑信所尅濟北余乃遂齊物可任今息肩理猶未卷舒形性表脫略賢哲議仲月期角巾飯僧嵩陽寺

江上聞笛

横笛怨江月扁舟何處尋聲長楚山外曲遶胡關深相去萬餘里遥傳此夜心寥寥浦溆寒響盡惟幽林不知誰家子復奏邯鄲音水客皆擁棹空霜遂盈襟覊馬望北走遷人悲越吟何當

赤毛作遠
括毛誤栝
木毛作外
廓毛作廊
尋毛作訪

邊草白旌節隴城陰

東京府縣諸公與綦毋潛李頎相送至白馬寺宿

鞍馬上東門徘徊入孤舟賢豪相追送即棹千里流赤岸落日在空波微煙收宦薄忘機括醉來却淹留月明見古寺林木登高樓南風開長廓夏夜如涼秋江月照吳縣西歸夢中遊

趙十四見尋

客來舒長簟開閤延涼風但見無絃琴共君盡樽中晚來常讀易頃者欲還嵩世事何須道黃

客遊詩　送客

精且養蒙嵇康殊寡識張翰獨知終忽憶鱸魚
膾扁舟往江東

少年行

西陵俠少年客過短長亭青槐夾兩路白馬如
流星聞道羽書急單于寇井陘氣高輕赴難誰
顧燕山銘

聽人流水調子

孤舟微月對楓林分付鳴箏與客心嶺色千重
萬重雨斷絃收與淚痕深

長歌行

況毛作北

王毛作皇

飯毛作飲知罷

毛本此首題塞下曲校注云國秀集作望臨洮

曠野饒悲風颼颼黃蒿草繫馬倚白楊誰知我懷抱所是同懷者相逢盡衰老況登漢家陵南望長安道下有枯樹根上有鼯鼠窠高王子孫盡千歲無人過寶玉頻發掘精靈其奈何人生須達命有酒且長歌

城傍曲

秋風鳴桑草白狐兔驕邯鄲飯一作飽來酒未消城北原摯皁鵰射殺空營兩騰虎迴身卻月佩弓弰

詠臨洮

秋毛作宮
秋毛作金
暫作[illegible]
影下毛多宿字
舉毛作務
何毛作如　水毛作來
務毛作騖

飲馬度秋水水寒風似刀平沙日未没黯黯見臨洮當昔長城戰咸言意氣高黄塵是今古白骨亂蓬蒿

長信秋

奉帚平明秋殿開暫一作且將團扇共徘徊玉顔不及寒鴉色猶帶朝陽日影來

鄭縣陶太公館中贈馮六元二

儒有輕王侯脱略當世舉本家藍溪下非爲漁弋故無何困躬耕且欲馳水路幽居與君近出谷同所務昨日辭石門五年變秋露雲龍未相

感干謁亦已屢子爲黃綬羈余忝蓬山顧京門
望西岳百里見郊樹飛雨祠上來靄然關中暮
驅車鄭城宿秉燭論往素山月出華陰開此河
渚霧清光比故人豁達展心晤馮公尚戢翼元
子仍跼步拂衣易爲高論迹難有趣張范善終
始吾等豈不慕羅酒當涼風屈伸備冥數

從軍行

烽火城西百尺樓黃昏獨坐海風秋更吹横笛
關山月無那金閨萬里愁

賀蘭進明

雅毛作達

抱毛作把

負外好古博雅經籍滿腹其所著述一百餘家頗究天人之際又有古詩八十首大體符于阮公又行路難五首並多新興

古意二章

秦庭初指鹿羣盜滿山東忤意皆誅死所言誰肯忠武關猶未啓兵入望夷宮爲祟非涇水人君道自窮

崇蘭生澗底香氣滿幽林采采欲爲贈何人是同心日暮徒盈抱一作把徘徊幽思深慨然紛雜佩重奏丘中琴

行路難五首

君不見巖下井百尺不及泉君不見山上苗數
寸凌雲煙生相命亦如此何苦太息自憂煎
但願親友長含笑相逢莫吝杖頭錢寒夜邀歡
須秉燭豈不長思花柳年
君不見門前柳榮耀暫時蕭索久君不見陌上
花狂風吹去落誰家隣家思婦見之歎蓬首不
梳心歷亂盛年夫壻長別離歲暮相逢色凋搯
君不見芳樹枝春花落盡蜂不窺君不見梁上
泥秋風始高燕不棲蕩子從軍事征戰蛾眉嬋

間毛作中

署毛作曙　次行署同

娟守空閨獨宿自然堪下淚況復時聞烏夜啼
君不見雲間月暫盈還復缺君不見林下風聲
遠意難窮親故平生或聚散歡娛未盡樽酒空
歎息青青陵上柏歲寒能有幾人同
君不見東流水一去無窮已君不見西郊雲日
夕空氛氳羣鴈徘徊不能去一鴈驚鳴復失羣
人生結交在終始莫以升沉中路分

崔署

署詩言詞款要情興悲涼送別登樓俱堪淚
下

想毛校作相

不毛作下

宿大通和尚塔敬贈如閑黎廣心長孫錡二山人

毛校云一作贈如上人兼呈常孫二山人

支公已寂滅塔影山上古更有眞僧來道場救
諸苦一承微妙法寓宿清淨土身心能自親色
想了無取森森松映月漠漠雲近户雲外飛電
明夜來前山雨然燈見棲鴿作禮聞信鼓晚齋
南軒開秋華淨天宇願言長出世謝爾及申甫

頴陽東溪懷古

靈溪氛霧歇皎鏡清心顔空色不映水秋聲多
在山世人久踈曠萬物皆自閑白鷺寒更浴孤

閉疑作閑

雲晴未還昔時讓王者此地閉玄關無以躡高
步凄涼岑壑間

途中晚發

晚霽長風裏勞歌赴遠期雲輕歸海疾月滿下
山遲旅望因高盡鄉心遇物悲故林遙不見況
在落花時

送薛據之宋州

無媒嗟失路有道亦乘流客處不堪别異鄉應
共愁我生早孤賤淪落居此州風土至今憶山
河皆昔遊一從文章士兩京春復秋君去問相

成毛作今　第二蕭毛作肅肅　雨毛作雪　水毛作木　作毛作詩　玄毛作遊

識幾人成白頭

早發交崖山還太室作

東林氣微白寒鳥急高翔吾亦自茲去北山歸草堂杪冬正三五日月遥相望蕭蕭過潁上矓矓辨少陽川氷生積雪野火出枯桑獨往路難盡窮陰人易傷傷此無衣客如何蒙雨霜

登水門樓見亡友張眞期題望黃河作

因以感興

吾友東南美昔聞登此樓人隨川上去書在壁中留嚴子好眞隱謝公耽遠遊清風初作頌暇

交友類文字

淹毛作掩。

毛無校注

日復消憂時與交友古跡隨山水幽巳孤蒼生望坐見黃河流流落年將晚悲涼物巳秋天高不可問淹泣赴行舟

王灣

灣詞翰早著爲天下所稱最者不過一二遊吳中作江南意詩云海日生殘夜江春入舊年詩人巳來少有此句張燕公手題政事堂每示能文令爲楷式又擣衣篇云月華照杵空隨一作悲妾風響傳砧不到一作見君所有衆製咸類若斯非張蔡之未曾見也覺顏謝之

客毛作轄
利毛作別
晚毛作曉

彌遠乎

晚春詣蘇州敬贈武貟外

蘇臺憶季常飛棹歷江鄉持此功曹掾纫稱華
省郎貴門生禮樂明代秉文章嘉郡位先進洪
儒名重揚爰從姻婭貺豈失忠信防萬里汗馬
足十年睽鳳翔迴遷翼元聖入拜佇惟良別業
對南浦羣書滿北堂意深投客盛才重接筵光
陋學叨鉛簡弱齡詞翰場神馳勞舊國顔展利
殊方際晚雜氛散殘春衆物芳煙和疎樹滿雨
續小溪長旅拙感成慰通賢顧不忘從來琴曲

罷開匣爲君張

哭補闕亡友綦毋學士

明代資多士儒林得異材書從金殿出人向玉墀來詞學張平子風儀褚彥回崇儀希上德近侍接元台曩契心期早今遊宴賞陪屢遷君擢桂分尉我從梅忽遇乘軺客云傾搆厦材泣爲洹水化歎作太山頹冀善初將慰尋言半始猜位聯情易感交密痛難裁遠日寒旌暗長風古輓哀冢中無舊業行處有新苔反哭魂猶寄終喪子尚孩葬田門吏給墳木路人栽遽遠渙悲成

古 滌南淚

往俄傳寵今迴玄經貽石室朱紱耀泉臺地
春長閉天明夜不開登山一臨哭揮涕滿蒿萊

晚夏馬升卿池亭即事寄京都一二知
己

韓本作嵬卿叔字 宮本作晚

忝職畿甸沲濫陪時俊後才輕策疲劣勢薄常
驅走牽役勞風塵秉心在巖藪宗賢開別業形
勝代希偶竹繞清渭泉流白渠口逡巡期賞
會揮忽變星斗遠此乗務閑因而訪幽叟入來
殊景物行復洗紛垢林靜秋色多潭深月光厚
盛香蓮近坼新味瓜初剖滯拙懷隱淪書之寄

經毛作徑　人毛作入　閒毛作閑

良友

奉使登終南山

常愛南山遊因而盡原隰數朝至林嶺百仞登
嵬岌石狀馬經窮苔色步緣入物奇春貌改氣
遠天香集虛洞策杖鳴低雲拂衣濕倚巖見廬
舍人户欣拜揖問姓矜勤勞示心教澄習玉英
時共飯芝草爲余給境絶人不行潭深鳥空立
一乘從此授九轉兼是給辭處若輕飛憩來唯
吐吸開襟超已勝迴路倏而及煙色松上深水
流山下急漸平逢車騎向晚睨城邑峯在野趣

濕毛作澁

同毛作和

興毛作凝爽

數毛作一

繁塵飄宦情濕一作緝辛苦久爲吏榮進何妄執
日暮懷此山倏然賦斯什

奉同賀監林月清酌

華月當秋滿朝軒假興同淨林新齋入規院小
涼通碎影行筵裏搖花落酒中清宵照人意併
此助文雄

江南意

南國多新意東行伺早天潮平兩岸失風正數
帆懸海日生殘夜江春入舊年從來觀氣象惟
向此中偏

挿毛作搊　擬毛作凝　會毛作夜

觀挿箏

虛室有秦箏箏新月復清絃多弄委曲柱促語分明曉怨擬繁手春嬌入慢聲近來惟此樂傳得美人情

閏月七日織女

耿耿曙河微神仙此會稀今年七月閏應得兩迴歸

祖詠

詠詩剪刻省靜用思尤苦氣雖不高調頗淩俗至如霽日園林好清明煙火新亦可稱爲

意毛作竟
潭毛作澤

才子也

古意二首

楚王意何去獨自留巫山偏使世人見迢迢江水間駐舟春潭裏誓願拜靈顏夢寐覩神女金沙鳴珮環閑艷絕世姿令人氣力微含笑默不語化作朝雲飛

夫差日淫放舉國求妃嬪自謂得王寵代間無美人碧羅象天閣坐輦乘芳春宮女數千騎常遊江水濱年深玉顏老時薄花粧新拭淚下金殿嬌多不顧身生前妬歌舞死後同灰塵塚墓

灃毛誤澧

毛無上劉字

今人哀哀於銅雀臺

遊蘇氏別業

別業本幽處到來生隱心南山當户牖灃水映園林竹覆經冬雪庭昏未夕陰寥寥人境外閑坐聽春禽

清明宴劉司勳劉郎中別業

田家復近臣行樂不違親霽日園林好清明煙火新以文常會友唯德自成鄰池照窗陰晚杯香藥味春簷前花覆地竹外鳥窺人何必桃源裏深居作隱淪

宿陳留李少府廳作

相知有叔卿訟簡夜彌清旅泊倦愁臥空堂聞曙更風簾搖燭影秋雨帶蟲聲歸思那堪說悠悠恨洛城

終南望餘雪作

終南陰嶺秀積雪浮雲端林表明霽色城中增暮寒

盧象

象雅而不素有大體得國士之風曩在校書名充祕閣其靈越山最秀新安江甚清盡東

南之數郡

家叔徵君東溪草堂二首

開山十餘里青壁森相倚欲識堯時天東溪白雲是雷聲轉幽壑雲氣香流水澗影生蟲虵巖端翳檉梓大道終不易君恩曷能已鶴羨無老時龜言攝生理浮年笑六甲元化潛一指未暇滯雲梯空慙阮家子

今朝共遊者得性閑未歸已到仙人家莫驚鷗鳥飛水深嚴子釣松掛巢父衣雲氣轉幽寂溪流無是非名理未足羨腥臊詎所稀自惟負貞

聘毛作騁
閒毛作耳
林毛作村

意何歲當食薇

送綦毋潛

夫君不得意本自滄海來高足未云聘虛舟空復迴淮南楓葉落灞岸桃花開出處暫爲閒沉浮安系哉如何天覆物還遣世遺才欲識秦將漢嘗聞王與裴離筵對寒食別雨乘春雷會有辟書至荷衣莫漫裁

送祖詠

田家宜伏臘歲晏子言歸石路雪初下荒林雞共飛東原多煙火北澗隱寒暉滿酌野人酒倦

困毛作困　被毛作罷

極毛作拯

今毛作余

聞隣女機胡爲困樵採幾日被朝衣

贈程校書

客自岐陽來吐音若鳴鳳孤飛畏不偶獨立誰見用忽從披褐中召入承明宮聖人借顏色言事無不通慇懃極黎庶感激論諸公将相猜賈誼圖書歸馬融顧今久寂寞一歲麒麟閣且共歌太平勿嗟名宦薄

贈張均員外

公門世業昌才子冠裴王出自平津邸還爲吏部郎神仙餘氣色列宿動輝光夜直南宮靜朝

趨北禁長時人窺水鏡明主賜衣裳翰苑飛鸚
鵡天池侍鳳凰承歡■壽日顧末一作未紀後時傷
去去圖南遠微才幸不忘
　追涼歷下古城西北隅此地有清泉喬
　木歷下舜林
謝眺出華省王祥貽佩刀前賢真可慕衰疾意
空勞貞悔不自卜遊隨共爾曹未能齊得喪時
復誦離騷陶陰七賢地醉餐三士桃蒼苔虞舜
井喬木古城壕漁父偏初狎堯年不可逃蟬鳴
秋雨霽雲白曉山高咫尺傳雙鯉吹噓勿一毛

儔 毛
毛於篇尾有按語云未紀作未記
毛少歷下舜林の字
陰 毛作蔭
勿 毛作借

淨毛作潔　佚毛作俠　醉毛作些　同僚毛作同侶

故人皆得路誰肯念同袍

李嶷

嶷詩鮮淨有規矩其少年行三首詞雖不多

翩翩然佚氣在目也

林園秋夜作

林臥避殘暑白雲長在天賞心既如醉對酒非

徒然月色偏秋露竹聲兼夜泉涼風懷袖裏茲

意與誰傳

淮南秋夜呈同僚

天淨河漢高夜閑砧杵發清秋忽如此離恨應

難歇風亂池上螢一作萍露光竹間月與君共遊
處勿作他鄉別

少年行三首

十八羽林郎戎衣侍漢王臂鷹金殿側挾彈玉
輿傍馳道春風起陪遊出建章
侍獵長楊下承恩更射飛塵生馬影滅箭落鴈
行稀薄霧隨天仗聯翩入瑣闈
玉劒膝邊橫金杯馬上傾朝遊茂陵道夜宿鳳
凰城豪吏多猜忌毋勞問姓名

閻防

防爲人好古博雅其警策語多眞素至如荒庭何所有老樹半空腹又能栍庭中樹龍蒸棟裏雲皎然可信也

晚秋石門禮拜

輕策凌絶壁招提謁金仙舟車無遊徑崖嶠乃屬天躋躅淹昃景夷猶望新弦石門變暝色谷口生人煙陽鴈叫平楚秋風急寒川馳暉苦代謝浮脆暫貞堅永欲卧丘壑息心依梵筵誓将歷刼願無以物外牽

宿岸道人精舍

經因息毛作因息恖

牖毛作牖
闃毛作閒

進毛作焦
中春五字毛作春仲夏鳥恖

絢毛作狥

早歲參道風放情巳寥廓重經因息侶遂果巖
中諸欽迹辭人間杜門守寂寞秋風剪蘭蕙霜
氣冷淙壑山牖見然燈竹房闃擣藥願言捨塵
事所趣非龍蠖

夕次鹿門山作

龐公嘉遁所浪迹難追攀浮舟暝始至抱杖聊
自閑雙闕開鹿門百谷集珠灣噴薄湍上水春
容漂裏山進原不足險梁壑未成艱我行自中
春仲夏鳥綿蠻蕙草色巳晚客心殊未還遠遊
非避地訪道愛童顏安能絢機巧爭奪錐刀間

茆毛作茅　封毛作卦　攺毛作攻　流有四字毛

百丈溪新理茆茨讀書

浪迹棄人世還山自幽獨始傍巢由蹤吾其獲心曲荒庭何所有老樹半空腹秋蜩鳴北林暮鳥穿我屋棲遲樂遵渚恬曠寡所欲開封推盈虛散帙攺節目養閑度人事達命知止足不學東國儒俟時勞伐輻

與永樂諸公泛黃河作

煙深載酒入但覺暮川虛映水見山火鳴榔聞夜漁愛茲山水趣忽與人世踈無暇燃官燭中流有望舒

丙寅初冬邵亭校讀一過

庚子年四月首夏猶清和季卿居士嘗々过書遍自記

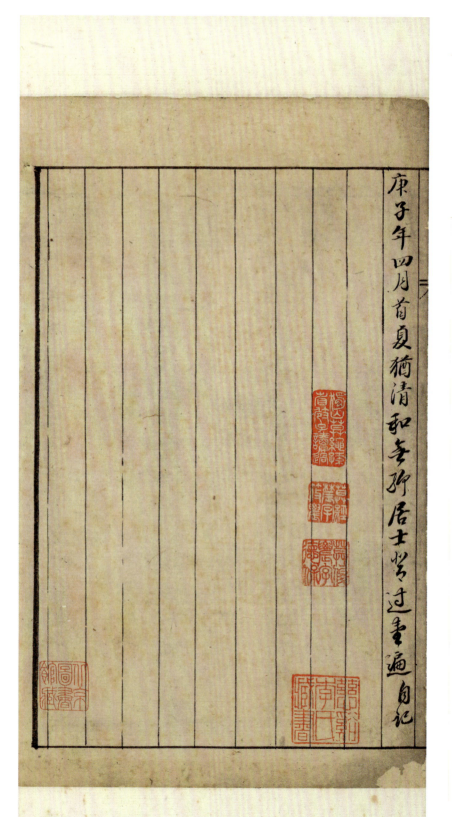